GRAMMAR SHADOW

跟讀學
日檢文法

JLPT N3

全音檔下載導向頁面

http://booknews.com.tw/mp3/9789864543816.htm

掃描QR碼進入網頁後，按「全書音檔下載請按此」連結，可一次性下載音檔壓縮檔，或點選檔名線上撥放。
iOS系統請升級至iOS 13後再行下載，全書音檔為大型檔案，建議使用WIFI連線下載，以免占用流量，
並確認連線狀況，以利下載順暢。

本書の特色と使い方
本書使用說明

文法解釋

簡單明瞭的說明本單元介紹的句型的意義，解釋該句型是在什麼情況下被使用，以及表達的是什麼意思。

常見句型

介紹該句型與其他詞彙是如何搭配來使用的。通常意思不會有大變化，但搭配名詞使用的時候，可能會需要比搭配動詞的時候多加幾個助詞；諸如此類須多加注意的地方，這邊都會解釋出來。

短句跟讀練習

　　常見句型所介紹的句型用法，會在這裡實地演練給您看。從這裡開始會提供兩種音檔供您跟讀訓練，QR碼位於每單元的第二頁右上角，用手機一掃馬上就可以聽。

　　尚未熟悉跟讀法的人，可以先使用較慢的「S」音檔，是並列的兩個QR碼的左邊的那一個，邊看課本上的例句，邊跟著音檔慢慢練習跟讀。

進階跟讀挑戰

　　每個單元的最後都會附上一篇文章，可以在這裡看到句型實際出現在文章之內時會是怎麼樣子，對練習日檢的閱讀測驗和聽力測驗都有幫助。

　　一樣附有慢速、正常速兩種音檔，讀者可以先聽音檔講過一遍，再暫停音檔自己重新念過一遍，然後再嘗試跟著音檔一起念。

目錄

N3 必須的基本文法知識

動詞變化複習 —————————————————— 10
「は」與「が」的差異 ————————————— 12
時態：現在進行式 —————————————— 15
時態：現在完成式 —————————————— 15
時態：過去式 ————————————————— 15
時態：過去完成式 —————————————— 16
時態：未來式 ————————————————— 18
時態：未來完成式 —————————————— 18
られる：使役動詞 —————————————— 20
られる：自發表現 —————————————— 22
られる：可能型 ———————————————— 24

N3 必考文法100

1. ～間 在～期間 ——————————————— 26
2. ～合う 互相～ ——————————————— 28
3. あまり～ 過於～，太～ —————————— 30
4. ～以上 既然～就～ ————————————— 32
5. いくら～ても／どんなに～ても 不管怎麼～也～ — 34
6. ～以来 自從～以來 ————————————— 36
7. 未だに～ない 還沒有～、仍舊未～ ————— 38
8. ～一方 一直～，一味地～，不斷～ ———— 40
9. ～上に 不僅～，而且～，（再）加上～ —— 42

10. ～うちに　趁～的時候～，在～期間	44
隨堂考①	46
11. ～おかげで　多虧～，幸虧～，由於～	48
12. ～おきに　每隔～	50
13. ～おそれがある　恐怕～，有～的危險	52
14. お～ください　請您做～	54
15. お～になる　做～（敬語）	56
16. ～終える／終える　做完～、結束～	58
17. ～かける／～かけの　～做一半，差點～	60
18. ～から～にかけて　從～到～	62
19. ～か何か　～什麼的，～之類的	64
20. ～返す　～回，～還	66
隨堂考②	68
21. ～がち　有～的傾向，容易～，經常～	70
22. ～からには　既然～就～	72
23. ～かわりに　代替～，代用～／～作為交換，～另一面	74
24. ～きる　～完，～到極限，～到最後	78
25. ～気味　感覺有點～	80
26. ～くらい　簡直～，像～	82
27. ～くせに　明明～卻，儘管～但是	84
28. ～結果　由於～，～的結果	86
29. ～こそ　～才是，～正是	88
30. ～ことにする　決定～	90
隨堂考③	92
31. ～込む　裝入～，進入～，深入地～，持續地～	94
32. ～最中　正在～的時候	96
33. ～際に／～際の　～的時候	98
34. ～さえ　連～都，甚至～	100
35. ～さえ～ば　只要～就	102
36. ～させていただく　請讓我～，請允許我～	104
37. ～しかない／～ほかない　只能～，只好～	106

38. ～ずに　不做～而做～	108
39. ～せい　由於～，因為～，都怪～	110
40. ～たがる　希望～，想要～	112
隨堂考④	114
41. ～だけ　盡情地～，儘可能地～	116
42. たとえ～ても　即使～也	118
43. ～たところ　～的結果	120
44. ～たまえ　請～	122
45. ～だらけ　淨是～，全是～	124
46. ～だろう　是～對吧	126
47. ～ために　因為～	128
48. ～とたん　一～就～，剎那～	130
49. ～といけないから　為避免～，如果～就不好了	132
50. 途中で／途中に　在～途中	134
隨堂考⑤	136
51. つまり～　也就是～，即～／總而言之～	138
52. ～っけ　～嗎？是不是～	140
53. ～つもりだ　認為是～，覺得是～	142
54. ～てからでないと　不先～就不能～	144
55. ～てしかたがない／～てしょうがない　非常～，～得不得了	146
56. ～て済む　～就解決了	148
57. ～てたまらない　非常～，極為～，難以忍受～	150
58. ～てはじめて　在～之後才～	152
59. ～ても構わない　～也可以，即使～也沒關係	154
60. ～てもしかたがない／～てもしょうがない 　　即使～也沒辦法，即使～也沒用	156
隨堂考⑥	158
61. ～ても始まらない　即使～也沒用，即使～也無濟於事	160
62. ～といえば　提到～，說到～	162
63. ～ということだ　聽說～，據說～／也就是～	164
64. ～というよりも　與其～不如～	166

65. ～といっても　雖説～	168
66. ～とおり　按照～，正如～	170
67. ～とか～とか　～或～，～啦～啦	172
68. ～として　作為～，身為～	174
69. ～とともに　隨著～／與～一起／～的同時	176
70. ～とのことだ　據説～，聽説～	180
隨堂考⑦	182
71. ～とは限らない　未必～，不一定～	184
72. ～とは　所謂～就是～	186
73. ～とみえる　看來～	188
74. ～なんて　～之類的／竟然～	190
75. ～において　在～	192
76. ～に限る　最好～	194
77. ～にかけては　在～方面	196
78. ～に代わって　代替～，取代～，替代～	198
79. ～に関して　關於～，有關～	200
80. ～に比べて　與～相比	202
隨堂考⑧	204
81. ～に対して　對～，向～／相對於～，而～	206
82. ～について　關於～	210
83. ～につれて　隨著～	212
84. ～にとって　對～來説	214
85. ～には　為了～，要～就得～	216
86. ～に反して　和～相反，違背～	218
87. ～によって　由～，被～／由於～／根據～，透過～／依據～，根據～／因～而～	220
88. ～によると　根據～	226
89. ～のでしょうか　～嗎	228
90. ～ばかりでなく　不僅～而且	230
隨堂考⑨	232
91. ～はずがない　不可能～，不會～	234

7

92. 〜ば〜のに　如果〜就〜，要是〜就〜 ——————— 236

93. 〜はもちろん　〜不用説,當然〜 ——————— 238

94. 〜ぶり　經過〜之後又〜,時隔〜之後又〜／〜樣子,〜狀態,〜情況 ——————— 240

95. 〜べきだ　應該〜 ——————— 244

96. まるで〜みたいだ　就好像〜,宛如〜 ——————— 246

97. 〜ようがない　沒辦法〜,無法〜 ——————— 248

98. 〜ようとする　想要〜,即將〜,就要〜 ——————— 250

99. 〜わけ　所以〜,難怪〜,怪不得〜,原來如此〜 ——————— 252

100. 〜を通して／〜を通じて　在〜期間,在〜範圍內／通過〜,經由〜 ——————— 254

隨堂考⑩ ——————— 256

隨堂考解答 ——————— 258

N3
必須的基本文法知識

◆ 動詞變化複習

動詞的變化本屬於 N5 水準，但為日語的最重要的基礎之一，這裡先來複習一次。日語中動詞共區分為三種類型，分別為第一類動詞、第二類動詞及第三類動詞。

❶ 第一類動詞

又稱「五段動詞」。「ます型」的「ます」前為「い段音」。要注意「ある（有）」較特殊，其否定形是「ない（沒有）」，和其他五段動詞的變化方式不一樣。

❷ 第二類動詞

又稱「上、下一段動詞」。「ます型」的「ます」前為「え段音」，但需注意部分非「え段音」也屬第二類動詞，例如：「見ます（看）」、「寝ます（睡）」、「借ります（借）」等。

❸ 第三類動詞

又稱「サ行、カ行變格動詞」。只有「します（做）」和「来ます（來）」。

動詞根據句型內容及接續的詞句、語意會有不同的動詞語尾變化，這種語尾變化稱為活用，而動詞活用形分為七種，分別為「否定形（未然形）」、「連用形」、「終止形」、「連體形」、「假定形」、「命令形」、「意向形」。除此之外，另有「可能形」、「受身形」、「使役形」等變化。

★注意：
在下一章的文法介紹內會時常出現「動詞（普通形）」這種標記，務必要記住「普通形」指的是各詞最常出現的四種型態：辭書形、否定形、た形（過去式）、た形的否定形（過去否定式）。

常見動詞變化列表

第一類動詞							
原形／辭書形	ます形	否定形	た形	て形	意向形	命令形	假定形
書く	書きます	書かない	書いた	書いて	書こう	書け	書けば
行く	行きます	行かない	行った	行って	行こう	行け	行けば
急ぐ	急ぎます	急がない	急いだ	急いで	急ごう	急げ	急げば
使う	使います	使わない	使った	使って	使おう	使え	使えば
立つ	立ちます	立たない	立った	立って	立とう	立て	立てば
作り	作ります	作らない	作った	作って	作ろう	作れ	作れば
消す	消します	消さない	消した	消して	消そう	消せ	消せば
死ぬ	死にます	死なない	死んだ	死んで	死のう	死ね	死ねば
遊ぶ	遊びます	遊ばない	遊んだ	遊んで	遊ぼう	遊べ	遊べば
休む	休みます	休まない	休んだ	休んで	休もう	休め	休めば
第二類動詞							
食べる	食べます	食べない	食べた	食べて	食べよう	食べろ	食べれば
見る	見ます	見ない	見た	見て	見よう	見ろ	見れば
第三類動詞							
する	します	しない	した	して	しよう	しろ	すれば
来る	来ます	来ない	来た	来て	来よう	来い	来れば

◆ は與が的差異

❶ 說明的對象

　　助詞「は」與「が」用處均為提示主題，但「は」用於說明有關說話者提示主題的內容，即重點放在「は」之後，而「が」則用於提示主語，表示特定的人事物的行為或狀態，重點放在「が」之前。

　　例如：

　　山田さんは大学生です。 山田先生是大學生。

　　山田さんが大学生です。 大學生是山田先生。

　　使用「は」時，「は」後面為說話者主要想傳達的重點，也就是「山田さん」是大學生，大學生為想要傳達的重點。而使用「が」時，「が」前面的主語才是傳達重點，大學生是「山田さん」，強調「山田さん」。

❷ 新舊資訊內容的傳達

　　說話者所說明內容為對方已知的既有資訊時，使用「は」；說話者所說明內容為對方未知的資訊時，則使用「が」來提示話題中第一次出現的某人事物主語。

　　例如：

　　A: あの山には素晴らしい景色があるんですよ。
　　　那座山有很棒的景色。

　　B: 何が見えるんですか。
　　　可以看見什麼？

　　A: そこからは海も山も一望できるんです。
　　　那裡可以一望海跟山。

A 介紹了山上有很棒的景色，由於在該話題點為 B 首次接收到的資訊，因此使用「が」。而 B 在聽到後提問可以看到什麼，此時該話題成為雙方共同認知的內容，因此後面 A 說明時使用「は」。

❸ 用於對比時使用「は」，用於排他的句子時使用「が」

　　當描述的句子內容為比較兩個對立的事物時，使用「は」，而當該敘述的句子所要描述事物只有一個，具有排他性時，使用「が」。

　　例如：

猫(ねこ)は好(す)きですが、犬(いぬ)は好(す)きではありません。
我喜歡貓，但不喜歡狗。

　　以同一類別的事物為主題，對於該事物的評價進行對比。

猫(ねこ)が好(す)きです。
我喜歡貓。

　　針對「が」所提示的主語，強調只喜歡貓，排除對其他動物的喜歡。因此帶有排除其他選擇的語感。

❹ 所描述的詞句性質為現象文或判斷文

　　敘述內容為現象時，使用「が」，用於將現象或情況，依眼睛所看到、耳朵所聽到或描述所察覺到的狀態，依實際情形敘述。而內容為判斷或評價時，使用「は」，用於對所看到、聽到的內容有所認知，並加入自己的主觀做出判斷或評價時。

　　例如：

雨(あめ)が降(ふ)っています。
雨下著。

　　單純描述所看到或察覺的現象、狀態。

日本のラーメンは美味しいです。

日本的拉麵很美味。

對於日本拉麵所做出的評價。

❺ 複合句時，主句的主語用「は」，附屬子句的主語用「が」

所謂附屬子句是指在句子中附屬於主句的部分，通常具有補充說明主題或特定資訊內容的效果。

例如：

母は6歳の妹がリストの曲を演奏するのを聴いて、驚きました。

母親聽到6歲的妹妹演奏李斯特的曲子時，感到非常驚訝。

「母は驚きました」為主句，「母」是為主句的主語，「驚きました」為主句的述語，用來說明「母」的動作、狀態。使用「は」提示主題，因此「母」為整體句子要說明的主題，後項則說明「母」的動作、狀態。

「6歳の妹がリストの曲を演奏する時」為附屬子句，「6歳の妹が」附屬子句的主語。「リストの曲を演奏する時」為附屬子句的述語，表示為「6歳の妹」所採取的動作或狀態及其時間點。使用「が」提示附屬子句的主語，而從整體句子的結構來說，「は」提示出主題，也就是以母親為主題的中心，整個句子在說明與母親的行為相關的內容。附屬子句的「6歳の妹がリストの曲を演奏する時」為主句的「母は驚きました」補充說明，提供該行為發生的時間資訊，為主句補充了更詳細的細節內容。

✦ 時態

❶ 現在進行式

　　現在進行式即現在正在進行中的動作或事件。以「動詞て形＋います」的形式，表示動作或事件正在持續的過程。否定的型態則為「動詞て形＋いません」。

❷ 現在完成式

　　現在完成式用來表示從過去某一時刻開始，並一直持續到現在的某動作或狀態。和現在進行式一樣以「動詞て形＋います」的形式表現，所以文章是現在進行式還是現在完成式，會需要從其他的詞來判斷，如表示時間的各種名詞：「今（現在）」、「もう（已經）」、「五分前（5 分鐘前）」等。

　　現在進行式：

　　今、ご飯を食べています。現在正在吃飯。

　　現在完成式：

　　もう、ご飯を食べています。已經在吃飯了。

❸ 過去式

　　過去的時點所進行的動作或狀態，日語會以「た形」表示過去發生的事。

1. 動詞過去式變化：也就是動詞た形，否定形依動詞類型變化成否定形，並接續「なかった」。

2. イ形容詞過去式變化：イ形容詞語尾去「い」接續「かった」，否定時語尾變化為「く」再接續「なかった。」

3. 名詞／ナ形容詞過去式變化：名詞／ナ形容詞語尾接續「だった」，否定時語尾接續「ではなかった」。

❹ 過去完成式

　　過去完成式表示、強調在過去某一時間點之前已完成的動作或狀態，以「動詞て形+いた」表現，否定形則是「動詞て形+いなかった」。和過去式不同，過去完成式只有動詞有。

動詞、イ形容詞、ナ形容詞、名詞的過去式語尾變化表

	範例	丁寧體（敬語）		普通體	
		過去	過去否定	過去	過去否定
動詞	行く	行きました	行きませんでした	行った	行かなかった
動詞（過去完成）	行く	行っていました	行っていませんでした	行っていた	行ってなかった
イ形容詞	暑い	暑かったです	暑くなかったです	暑かった	暑くなかった
ナ形容詞	静か	静かでした	静かではありませんでした	静かだった	静かではなかった
名詞	雨	雨でした	雨ではありませんでした	雨だった	雨ではなかった

1_1S 1_1N

◆ 短句跟讀練習

❶ 現在進行式

今、何をしていますか？

現在正在做什麼？

ご飯を食べています。

我正在吃飯。

❷ 現在完成式

お腹を壊したのか、彼は30分前からトイレに籠っている。

他是不是肚子不舒服，已經在廁所裡待了30分鐘了。

彼女はその会社で10年間働いている。

她在那家公司已經工作了10年。

❸ 過去式

ご飯を食べましたか？

你吃過飯了嗎？

昨夜は雨だった。

昨晚下了雨。

❹ 過去完成式

ごめん、寝てた。

抱歉，我剛在睡覺。

❺ 未來式

　　表示未來的時點所進行的動作或狀態,也就是未來或即將要做的動作。日語沒有所謂「未來形」這樣的變化方式,而一般以「動詞辭書形」或「動詞ます形」搭配表示時間點的其他詞彙,來敘述未來要做的事或即將發生的事。另外,動詞可區分為「動作動詞」、「狀態動詞」、「變化動詞」,表示動作、變化的動詞的「辭書形」或「ます形」通常偏向未來式,帶有我即將要做,或未來某個時點要做的語感。而表示狀態的動詞的「辭書形」或「ます形」則通常表示現在。

❻ 未來完成式

　　和未來式相同,日語並沒有特定的未來完成式,因此想要表示在未來的某個時間點,某個動作或狀態已完成,會需要使用其他的詞和未來形搭配來傳達意思。

　　例:

未來式:

明日には東京に着くでしょう。
あした　　　とうきょう　つ

明天會到東京吧。

未來完成式:

明日までには東京に着いているでしょう。
あした　　　　　とうきょう　つ

明天已經到達東京了吧。

◆ 短句跟讀練習

❶ 未來式

明日、海に行きます。
明天要去海邊。

机の上にノートがあります。
桌子上有一本筆記本。（表示「現在」存在於桌上。）

来週、私は新しいプロジェクトを始める予定だ。
下週，我預計會開始新的專案。

❷ 未來完成式

日本に来たら、連絡してください。
到了日本後，請聯繫我。

夏休みになったら、友達と海に行くつもりです。
到了暑假，我打算和朋友去海邊。

三年後には、私たちは新しいオフィスに引っ越しているはずだ。
三年後，我們應該會搬到新的辦公室。

◆ させる：使役動詞

　　為動詞語尾變化型態的一種，表示按照某人的命令或指示，使對方去做某事。可以用於表示強制命令、指示、放任允許的意思。另外，需注意使用他動詞時，助詞為「に」，自動詞時，助詞使用「を」。

　　使役動詞變化規則如下：
第一類動詞：將「動詞ます形」語尾去「ます」，剩下的語尾「い段音」改為「あ段音」，再接續「せる」。
第二類動詞：將「動詞ます形」語尾去「ます」，再接續「させる」。
第三類動詞：「します」改為「させる」，「来ます」改為「来させる」。

　　使役句的常見句型如下：
　　1. AはBを+使役動詞（自動詞）
　　2. AはBにCを+使役動詞（自動詞）
　　3. AはBにCを+使役動詞（他動詞）

✦ 短句跟讀練習

❶ 表示強制、指示

部長は山田君に改善レポートを書かせました。
部長讓山田寫改善報告了。

ここの上司は社員に残業をさせることが多い。
這裡的上司經常讓員工加班。

❷ 表示放任、允許

母は弟に外で遊ばせました。
母親讓弟弟去外面玩。

彼女は猫を自由に家の中を歩かせている。
她讓貓自由地在家裡走動。

❸ 表示誘發情感

その映画は私を泣かせました。
那部電影讓我哭了。

そのニュースは多くの人々に驚きと興奮をもたらさせた。
那則新聞讓許多人感到驚訝和興奮。

◆ られる：自發表現

自發表現，非意志性，而是自然的發生某種情感、動作或想法等狀況。因為是自然發生，所以與行為人的意志無關。自發表現有以下：

❶ 動詞語尾變化同受身形

第一類動詞：「動詞ます形」語尾由「い段音」改為「あ段音」再接續「れる」。

例：思わ（おも）れる（被認為）

第二類動詞：「動詞ます形」語尾去「ます再接續「られる」，
例：考（かんが）えられる（被考慮為）

第三類動詞：「します」改為「される」，例：心配（しんぱい）される（被擔心）

但動詞並非轉為「れる」、「られる」就是自發動詞，而需視動詞本身是否具有自發（非人為意圖）的意涵。例如以下例句：

彼（かれ）の話（はなし）を聞（き）くと、昔（むかし）のことを思（おも）い出（だ）される。

聽了他說的話，不自覺想起過往的事情。

因為是自然而然想起，所以將「思（おも）い出（だ）す」變化為「思（おも）い出（だ）される」。

❷ 動詞本身具有自發的意思

部分動詞本身就帶有自發的意思，如「聞（き）こえる（聽見）」、「見（み）える（看見）」、「感（かん）じる（感覺）」，這些動作不需要刻意去做，也會自然地發生。

◆ 短句跟讀練習

❶ 動詞語尾變化同受身形

美しい景色を見ると、感動させられる。

看到優美的景色時，不由得讓人覺得感動。

火災は配線ショートが原因で起こったと思われる。

起火原因被認為是線路短路。

大きな音が聞こえ、驚かされた。

聽到巨大的聲音，我被嚇了一跳。

❷ 動詞本身具有自發的意思

静かな夜には、遠くの音も聞こえる。

靜謐的夜晚，遠處的聲響也聽得到。

花は自然に咲く。

花自然地開。

彼の気持ちが自然に伝わってきた。

他的感受自然地傳達過來了。

◆ られる：可能形

　　為動詞語尾變化型態的一種，表示能力或可能性，用以表示具備某種行為的能力或某種狀態、條件下，可能或不可能成立。

　　可能動詞變化規則如下：

　　第一類動詞：將「動詞ます形」語尾由「い段音」改為「え段音」再接續「る」。

　　第二類動詞：將「動詞ます形」語尾去「ます」再接續「られる」。

　　第三類動詞：「します」改為「できる」，「来ます」改為「来られる」。

1_5S　1_5N

◆ 短句跟讀練習

❶ 私(わたし)は料理(りょうり)できます。
　　我會做料理。

❷ 明日(あす)の会議(かいぎ)、山田(やまだ)さんは出席(しゅっせき)できますか？
　　明天的會議，山田能出席嗎？

❸ 日本(にほん)では新鮮(しんせん)な魚(さかな)が食(た)べられます。
　　在日本能吃到新鮮的魚。

❹ この本(ほん)は図書館(としょかん)で借(か)りられます。
　　這本書能在圖書館借到。

24

N3
必考文法 100

01 ～間（あいだ）
在～期間

◆ 文法解釋

表示持續某種狀態、動作的期間。「～間（あいだ）」後接持續性的動作或狀態。

◆ 常見句型

❶ 動詞（普通形）＋間（あいだ）

表示在某種狀態或動作持續的期間，一直進行某種動作或持續某種狀態。

❷ イ形容詞＋間（あいだ）

イ形容詞版本。

❸ ナ形容詞な＋間（あいだ）

ナ形容詞版本，要注意「ナ形容詞」最後的字為「な」。

❹ 名詞の＋間（あいだ）

名詞版本，需要在名詞之後加上「の」。

◆ 短句跟讀練習

❶ 動詞（普通形）＋間（あいだ）

友達（ともだち）が髪（かみ）を染（そ）めている間（あいだ）、私（わたし）はスマートフォンゲームをして待（ま）ちました。

在朋友染頭髮的期間，我邊玩手機遊戲邊等他。

❷ イ形容詞＋間

子供が小さい間、趣味や個人の時間を持つ余裕がなかった。

孩子還小的時候，根本沒有從事興趣或擁有獨處時間的餘力。

❸ ナ形容詞な＋間

暇な間に部屋を片付けました。

在閒暇期間整理了房間。

❹ 名詞の＋間

冬休みの間、スキーを学びました。

我在寒假期間學了滑雪。

◆ 進階跟讀挑戰

試合の間、選手たちは全力を尽くして戦いました。特に、最後の10分間は緊張感が高まりました。観客たちは声援を送り、選手たちを励ましました。試合が行われている間に見せたチームの連携プレーは素晴らしく、多くの得点を上げることができました。試合の結果は、選手たちの日々の練習の成果を示すものでした。

比賽期間，選手們全力以赴地奮戰。特別是比賽最後的十分鐘緊張感高漲了起來。觀眾們送上的應援聲鼓舞了選手們。在比賽的過程中團隊展現了出色的團隊合作，因而成功多次拉高得分。比賽的結果展示了選手們日復一日的練習成果。

02 〜合う
互相〜

◆ 文法解釋

表示互相從事某個動作。

◆ 常見句型

- **動詞（ます形去ます）+ 合う**

    表示兩個人以上互相從事某個行為，用於相互合作或彼此敵對時。以「形容詞+合う」的形式表示彼此雙向從事形容詞行為。經常與「見つめる（注視）」、「助ける（幫助）」、「話す（說話）」、「言う（說）」、「知る（知道）」、「抱く（擁抱）」等動詞一起接續使用。需注意，這個文法不可用於「結婚する（結婚）」、「試合する（比賽）」等本身就具有互相做某個動作含意的動詞。

◆ 短句跟讀練習

- **動詞（ます形去ます）+ 合う**

    飲みすぎた彼らは小さなことでけんかになり、道で殴りあってしまった。
    酒喝多了的他們因為一件小事而演變成吵架並在路邊互毆對方了。

    私たちはお互いの宿題を見せあって、問題の答えを確認した。
    我們互看對方的作業，核對了問題的答案。

2_002S 2_002N

旅行の時、飛行機で隣に座った人と知り合って、友達になった。

旅行時，在飛機上與坐在隔壁的人相識而成為朋友。

この絵本は、子供たちが助け合って冒険を乗り越えるストーリーを描いています。

這本繪本描繪著孩子們互相幫助而克服冒險的故事。

◆ 進階跟讀挑戰

家族は困難な時こそ信じ合うべきだ。どんなに大きな問題があっても、家族の信頼があれば解決への道が開かれる。信頼は家族の基盤であり、それがあるからこそ困難な時期でも一緒に乗り越えられる。家族全員が協力し、支え合うことで、困難な状況でも希望を持つことができる。家族の絆は信頼によって強化され、困難を乗り越えるための最大の武器となる。互いに信じ合うことが、家族の強さの証なのだ。

家人正應在困境之時相互信任。不論是多大的問題，只要有家人的信賴，就能開拓通往解決的路徑。信賴是家人間的基石，正因為有此，即使在艱難的時期也能一起跨越而過。家庭全員共同合作、彼此相互扶持，即使是艱困的情況下也能抱有希望。家人之間的羈絆因為信賴而強化，並成為用以克服困難的最大武器。彼此之間相互信任正是家庭強大的證明。

03 あまり〜

過於〜，太〜

◆ 文法解釋

表示程度之高，超過一般常識或預料。常接續表達感情、感覺、狀態的名詞或動詞，表示極端的程度。

◆ 常見句型

❶ 動詞（普通形）＋あまり

表示因某種感情或狀態的程度太過，因而產生的負面結果。以「Ａ あまり Ｂ」的形式表示因為Ａ的程度超過一般認知，而造成後項Ｂ的狀況、結果。

❷ イ形容詞＋あまり

イ形容詞版本，多接續表示情感相關的詞彙，因此常見將イ形容詞名詞化的用法。

❸ ナ形容詞な＋あまり

ナ形容詞版本，現在肯定形時，接續為「ナ形容詞なあまり」。

❹ 名詞の＋あまり

名詞版本，需要在名詞之後加上「の」。

❺ あまりの＋名詞＋に

限定名詞的另一種講法，意思不變。

◆ 短句跟讀練習

❶ 動詞（普通形）＋あまり

彼は面接で緊張するあまり、頭が真っ白になった。
他面試的時候太過緊張，腦裡一片空白。

❷ イ形容詞＋あまり

娘がかわいいあまり、つい彼女のお願いをすべて聞いてしまう。　女兒太可愛了，總是忍不住聽從她的所有願望。

❸ ナ形容詞な＋あまり

その子は物静かなあまり、クラスメートとのコミュニケーションが少なかった。　那孩子太過沉靜，與同學很少交流。

❹ 名詞の＋あまり

彼の発言を聞いて、驚きのあまり、しばらく言葉が出なかった。　聽了他的發言後，我因為太過震驚而一時說不出話來。

❺ あまりの＋名詞

課長はあまりの忙しさに過労で倒れ、先週入院することになった。　課長因為太過忙碌，結果上週因過勞而累倒住院了。

◆ 進階跟讀挑戰

　ついに留学が決まり、嬉しさのあまり飛び上がった。子供の頃からの夢がついに現実となったのだ。新しい国での生活や学びに対する期待で胸がいっぱいだ。

　終於確定要去留學了，我高興得跳了起來。從小的夢想終於成為了現實。我的內心對於在新的國家的生活和學習充滿期待。

04 〜以上
既然〜就〜

◆ 文法解釋

表示說話者強烈意志、義務感、決心的句型。

◆ 常見句型

❶ 動詞（普通形）＋以上

表示既然已決定了前項或在前項情況下，則當然要完成後項內容。「以上」後面常接續表示義務、推測、判斷、決心等強烈表示說話者意志的句型。例如：「なければならない」、「〜つもりだ」、「〜はずだ」、「てはいけない」。

❷ イ形容詞＋以上

イ形容詞版本。

❸ ナ形容詞である＋以上

ナ形容詞版本，注意和前述兩種不同，需要多接上「である」。

❹ 名詞である＋以上

名詞版本，和ナ形容詞版本一樣，需要多接上「である」。

◆ 短句跟讀練習

❶ 動詞（普通形）＋以上

就職が決まった以上、日本の企業文化を理解しなければならない。　既然決定工作，就應該要理解日本的企業文化。

❷ イ形容詞 + 以上

この仕事が辛くて給料も安い以上は、辞めようと考える人がいるのもおかしくないだろう。

既然這份工作既辛苦且薪水又低，有人想要離職也不奇怪吧。

❸ ナ形容詞である + 以上

デリバリーが便利である以上、配送手数料やサービス料が発生するのも当然です。

既然外送服務很方便，所以產生運費和服務費也是理所當然的。

❹ 名詞である + 以上

親である以上は責任を持って子供を教育すべきだ。

既然身為父母，就應該負起責任教育小孩。

✧ 進階跟讀挑戰

日本に来た以上は、歴史的な名所を訪れて、その歴史に触れることをおすすめします。京都の古い寺院や城、奈良の大仏、または東京の歴史的なエリアなど、日本の歴史や伝統を感じる場所が数多くあります。歴史的な名所巡りを通じて、日本の過去と現在を知りましょう。

　　既然來到了日本，那麼建議您造訪歷史名勝古蹟，體驗歷史。京都的古老寺院或古城、奈良的大佛、又或者是東京的歷史區域等，有很多地方能感受到日本的歷史與傳統。讓我們透過歷史名勝巡禮，了解日本的過去與現在吧。

05 いくら～ても ／ どんなに～ても
不管怎麼～也～

◆ 文法解釋

表示此句之前的情況、條件、狀態、數量不會有任何影響的句型。「いくら」和「どんなに」的用法、意思幾乎相同，只有一些微妙的差異。

◆ 常見句型

❶ いくら／どんなに＋動詞（て形）＋も

表示不管怎麼做某個動作，都不夠影響某個狀況的句型。重點在於要記住各動詞如何變化成「て形」。

❷ いくら／どんなに＋イ形容詞くて＋も

表示不管某程度再怎麼高，都不夠影響某個狀況的句型。若程度指的是金額的多寡，用「いくら」會比較合適一些。

❸ いくら／どんなに＋ナ形容詞で＋も

同前一句，但表示程度的是「ナ形容詞」的時候要接「で」，而不是「て」。

❹ いくら／どんなに＋名詞で＋も

表示就算是某個人、事、物也不夠影響某個狀況的句型。要特別注意的是此句型「いくら」和「どんなに」的用法差異較大，「いくら」後面可直接加上名詞，但「どんなに」之後要加的是帶有表示程度的形容詞的「名詞句」，如「貧しい人（窮人）」或「多くの挑戦（許多的挑戰）」。

◆ 短句跟讀練習

❶ いくら／どんなに＋動詞（て形）＋も

どんなにあっても足りない。
不管有多少都不夠。

❷ いくら／どんなに＋イ形容詞くて＋も

どんなに高くても買う。
不管多高還是要買。

❸ いくら／どんなに＋ナ形容詞で＋も

いくら静かでも眠れない。
不管多安靜都睡不著。

❹ いくら／どんなに＋名詞で＋も

いくら彼でも勝てない。
就算是他也贏不了。

◆ 進階跟讀挑戰

　いくら困難な状況に直面し、どんなに多くの挑戦が待ち受けていても、決意と努力を持っていれば、夢は実現可能です。成功への道は困難かもしれませんが、その先には喜びと成長が待っています。

　無論面對多大的困難，不論有多少挑戰在前方等待，只要有決心和努力，夢想是可以實現的。成功的路可能充滿困難，但在那之後會有喜悅和成長等待著。

06 〜以来
自從〜以來

◆ 文法解釋

接續在表示時間的名詞和動詞て形後，表示「自從發生〜之後，至今仍持續〜」，不可使用在剛發生不久的事情。

◆ 常見句型

❶ 動詞（て形）+ 以来

表示自過去發生某事以後直到現在的句型。後項必須為敘述持續的狀態，不可用來敘述連續性動作或產生新動作的事。

❷ 名詞 + 以来

接時間或事件的名詞後，表示某事件以後直到現在的句型。

◆ 短句跟讀練習

❶ 動詞（て形）+ 以来

彼女がピアノを始めて以来、毎日欠かさず練習しています。
她自從開始彈鋼琴以來，就每日不間斷地練習。

彼女と知り合って以来、人生が楽しくなりました。
自從和她相識以來，我的人生充滿樂趣。

❷ 名詞+以来

彼は大学に入学以来、毎日熱心に勉強しており、クラスでの成績も常にトップクラスです。

他自從大學入學以來，每天都專注於學習，在班級的成績排名也經常位列前茅。

その日以来、彼はもう二度と嘘をつかないと決めました。

自從那天以來，他就決定再也不說謊了。

◆ 進階跟讀挑戰

　この新しい技術が開発されて以来、多くの分野で革命が起きました。特に、医療分野では診断と治療の精度が飛躍的に向上し、患者の回復率も上がっています。また、環境保護の面でも大きな効果があり、エネルギー効率が高まったことで資源の無駄遣いが減少しました。この技術の開発は社会全体に多くの恩恵をもたらしています。

　自從這項新技術被開發以來，在許多領域帶來了革命性的變化。特別是在醫療領域，診斷與治療的精確度飛躍性地提高，患者康復率也隨之增長。此外，在環境保護方面也具有顯著的效果，藉由能源效率的提高而減少了資源浪費。這項技術的發展為整個社會帶來了許多好處。

07 未だに〜ない
還沒有〜、仍舊未〜

◆ 文法解釋

表示本應發生某種事態,但實際上尚未發生。帶有說話者的期待與現實互相矛盾的心情。

◆ 常見句型

- **未だに + 動詞否定形**

  表示本應發生某種事態,但實際上尚未發生。動詞接續否定的表達方式,強調某種事態尚未發生。

◆ 短句跟讀練習

- **未だに + 動詞(否定形)**

  彼にメールを送ったのに、未だに連絡がこない。
  明明已經發送郵件給他,但仍舊未收到聯繫。

  会議を何度も開いたが、未だに問題が解決していない。
  雖然已經開過好幾次會議,但問題至今仍舊未解決。

  爆発事故の容疑者として彼が捕まったという話が未だに信じられない。
  他作為爆炸事件的嫌疑人被逮捕這件事,至今仍令人難以置信。

試験が終わってから数週間経つのに、未だに結果が発表されていない。

明明考試結束後已經過了數週，但測驗結果仍舊未發表。

◆ 進階跟讀挑戰

日本に来てから一年が経ったが、未だに慣れないことが多い。特に、日本の交通システムには苦労している。電車の乗り換えやバスの時間表を理解するのに時間がかかる。友人たちは親切に教てくれるが、自分でうまくやれるようになるにはまだ時間が必要だ。異国の文化や習慣に慣れるのは簡単ではないが、少しずつ前進している。

　　來到日本已經過了一年，至今仍有許多不習慣的事。特別是日本的交通系統讓我感到辛苦。瞭解電車的轉乘和公車的時刻表需要花費不少時間。朋友們很熱心地教我，但要自己能夠熟練應對還需要時間。雖然適應異國的文化和習慣並不容易，但我正一點一點地進步。

08 〜一方だ
一直〜，一味地〜，不斷〜

◆ 文法解釋

表示某事物的狀態不斷往某方向前進。正、負面事物均可使用，但大多用於負面事物上。

◆ 常見句型

- **動詞（辭書形）+ 一方だ**

表示某事物的狀態不斷往某方向前進。會與表示狀態變化的動詞一起使用，例如「増える（增加）」、「減る（減少）」、「太る（肥）」、「痩せる（瘦）」、「広まる（擴大）」等。將形容詞的連用形搭配「なる」來改變成動詞的方式也很常見，以「形容詞（連用形）+なる+一方だ」表示某事物不斷往形容詞的方向變化。

◆ 短句跟讀練習

- **動詞（辭書形）+ 一方だ**

家庭の収入差が教育への投資に影響を与え、教育格差は広がる一方だ。
家庭收入差異對教育的投入資源影響造成影響，教育格差不斷地在擴大。

食に対する健康意識が高まり、オーガニック食品の消費者は増える一方だ。
對於食品的健康意識升高，有機食品的消費者不斷地增多。

労働力不足と経済不況の影響で、製造業は衰退する一方だ。

因為勞動力短缺和經濟不景氣的影響，製造業持續衰退。

インフレの影響で、支出は高くなる一方だ。

由於通貨膨脹，支出越來越高。

◆ 進階跟讀挑戰

地方の医療は悪くなる一方だ。病院の数は減少し、医師や看護師の不足が深刻化している。高齢化が進む中、医療サービスの提供が追いつかず、住民の健康状態も悪化している。政府の支援が必要だが、解決策はまだ見えていない。このままでは地方の医療崩壊が現実のものとなってしまうだろう。

　偏鄉的醫療正不斷惡化。醫院數量的減少，醫生和護理師的短缺正日漸嚴重。人口高齡化持續進行之中，醫療服務的提供無法跟上，導致居民的健康狀態也持續變差。雖然需要政府的支援，但目前仍未見解決之策。這樣下去偏鄉醫療的崩壞將成為現實。

09 〜上(うえ)に
不僅〜，而且〜，（再）加上〜

◆ 文法解釋

表示在某種狀態或發生了某事的前提上，發生了比其程度更甚的狀態或事物。正、負面評價的句子都可以使用，但「上(うえ)に」之前若是正面內容，之後也必須搭配正面的內容。相反地，若用在負面內容時，前後也須為負面的內容。

◆ 常見句型

❶ 動詞（普通形）＋上(うえ)に

表示在原有的狀態或情況上，又加上另一種狀態。

❷ イ形容詞＋上(うえ)に

イ形容詞版本，以「形容詞+上に B」的形式，表示在前項形容詞的狀態或情況上，有程度更高的 B。

❸ ナ形容詞な＋上(うえ)に

ナ形容詞版本，ナ形容詞結尾必須是「な」。

❹ 名詞＋である＋上(うえ)に

名詞版本，需搭配表示斷定的「である」來使用。

◆ 短句跟讀練習

❶ 動詞（普通形）＋上(うえ)に

この店(みせ)は価格(かかく)が安(やす)い上(うえ)に、サービスも良(よ)い。
這家店價格便宜，而且服務也很好。

❷ イ形容詞 + 上に

今日は寒い上に雨がひどく降っている。

今天不僅很冷還下大雨。

❸ ナ形容詞 な + 上に

電気自動車は走行が静かな上に、二酸化炭素の排出量を減らせるため環境にも優しい。

電動車不僅行駛時安靜且能減低二氧化碳的排放，因此對環境也更加友善。

❹ 名詞 である + 上に

今年は暖冬である上に雨も少ないので、各地で水不足の懸念が出てきています。

因為今年是暖冬，而且雨量稀少，各地逐漸出現缺水的擔憂。

◆ 進階跟讀挑戰

生徒たちの間で風邪が流行しており、多くの生徒が咳をする上に、熱が出て授業を欠席しています。先生たちはオンライン授業の準備を進め、欠席した生徒たちが遅れを取らないように対応しています。その上に、学校全体で衛生管理を徹底し、感染拡大を防ぐための対策を講じています。生徒たちが早く元気になって、また学校に戻って来られるよう願っています。

　　學生之間正流行著感冒，多數的學生不僅咳嗽，還發燒而缺席課堂。老師們正在準備線上授課，以確保缺席的學生不會落後。此外，全校徹底進行了衛生管理，並採取防止感染擴散的措施。我們希望學生們能早日康復，能夠重新回到學校來。

10 ～うちに
趁～的時候～，在～期間

◆ 文法解釋

表示在某狀態持續的期間。後項句子說明在此期間進行的動作或變化。

◆ 常見句型

❶ 動詞（辭書形／ている形）＋うちに

用於表示在狀態改變之前做些什麼，後項會接續帶有說話者意志的動作。另外，也有「在做某事的期間」，後續發生另一件事或變化的意思。「～ているうちに」時，後項內容為自然變化表現的詞語，不帶有說話者的意志。

❷ イ形容詞＋うちに

イ形容詞版本。

❸ ナ形容詞 な＋うちに

ナ形容詞版本，ナ形容詞結尾必須是「な」。

❹ 名詞の＋うちに

名詞版本，需要在名詞之後加上「の」。

◆ 短句跟讀練習

❶ 動詞（辭書形／ている形）＋うちに

音楽を聴いているうちに、心が落ち着きました。
聽著聽著音樂，心情就沉靜下來了。

忘れないうちに、メモしておきます。

趁著還記得的時候筆記下來。

❷ イ形容詞 + うちに

若いうちにいろいろな国を旅行するのがいいですね。

趁著年輕的時候去不同國家旅行是件很棒的事呢。

❸ ナ形容詞 な + うちに

両親が元気なうちに、一緒にたくさんの思い出をつくろうと思う。　趁著父母健在，我想和他們一起創造許多回憶。

❹ 名詞の + うちに

朝のうちに宿題を済ませると、午後は友達と遊べる。

趁著上午將作業完成的話，下午就能和朋友一起玩。

✦ 進階跟讀挑戰

若いうちに、多くの経験を積むことが必要です。新しいことに挑戦し、失敗や成功を経験することで、自分の成長につながります。様々な経験を通して、自分自身をより深く理解しましょう。たとえ失敗しても、それは成長の機会です。新しいことに挑戦することで、自分の可能性を広げることができます。恐れずに新しい道を探り、自分自身の限界を超えて成長しましょう。

　　趁著年輕，累積大量經驗是必要的。挑戰新的事物，透過經歷失敗或成功的經驗，有助於自我成長。通過各種經驗，讓我們更深入地了解自己本身吧。即使失敗，那也是成長的機會。經由挑戰新的事物，能夠擴展自我的可能性。不害怕地探求新的道路，讓我們超越自我的界限成長吧。

隨堂考①

❶ 請選擇最適合填入空格的文法

1. ゴールデンウィーク（＿＿＿）間、海外旅行を楽しんだ。
    1. の　　　　2. に　　　　3. は　　　　4. を

2. 人は助け（＿＿＿）べきだ。
    1. ないと　　2. て　　　　3. 合う　　　4. 合い

3. 笑い（＿＿＿）あまりお腹が痛くなった。
    1. は　　　　2. の　　　　3. に　　　　4. が

4. 好況のために株価は上がる（＿＿＿）だ。
    1. 一向　　　2. 一方　　　3. 全部　　　4. 半分

5. 彼女の努力は素晴らしいが、成績は（＿＿＿）向上しなかった。
    1. あまりに　2. あまりの　3. あまり　　4. のあまり

6. 部長に昇進して（＿＿＿）、彼の仕事量は大幅に増えました。
    1. 以後　　　2. 以上　　　3. 以前　　　4. 以来

7. （＿＿＿）勉強し（＿＿＿）、その問題の答えが見つからない。
    1. だの～だの　2. から～まで　3. いくら～でも　4. あまり～にも

8. （＿＿＿）彼の消息は分からない。
    1. だけ　　　2. 未だに　　3. 未だは　　4. 並みの

❷ 請選擇最適合填入空格的文法

彼女との関係は、大学①（＿＿＿）間、とても順調でした。しかし、卒業してからはあまり連絡を取らなくなりました。②（＿＿＿）その理由が分かりません。③（＿＿＿）連絡を取ろうとしても返事がなく、どんなに待④（＿＿＿）音沙汰がありません。

このままの状態が続く⑤（＿＿＿）、私たちの友情は薄れてしまうかもしれません。一方で、他の友人との関係は良好です。何とかして彼女とのコミュニケーションを取り戻したいです。

① 1. の　　　　2. に　　　　3. で　　　　4. は

② 1. 未だに　　2. 未だ　　　3. とはいえ　4. いままで

③ 1. いささか　2. くらい　　3. イクラ　　4. いくら

④ 1. た　　　　2. っても　　3. ても　　　4. った

⑤ 1. 以上　　　2. 以来　　　3. 以前　　　4. 以後

11 ～おかげで
多虧～，幸虧～，由於～

◆ 文法解釋

說明因為某種「原因」、「理由」而導致某種結果的產生。

◆ 常見句型

❶ 動詞（普通形）＋おかげで

表示有前項原因才會有後項的結果。用於表示好的結果的原因，帶有感謝的意味。用於負面的事物時，則會帶有諷刺的意思。

❷ イ形容詞＋おかげで

イ形容詞版本。

❸ ナ形容詞な＋おかげで

ナ形容詞版本，ナ形容詞結尾必須是「な」。

❹ 名詞の＋おかげで

名詞版本，需要在名詞之後加上「の」。

◆ 短句跟讀練習

❶ 動詞（普通形）＋おかげで

あなたが手伝ってくれたおかげで、早く仕事が終わりました。
多虧你的幫忙，才能很快地結束工作。

❷ イ形容詞 + おかげで

家が海に近いおかげで、いつでもおいしい魚が食べられる。

由於家裡離海邊很近，所以隨時能吃到美味的魚。

❸ ナ形容詞 な + おかげで

温暖な気候のおかげで、ここでは豊かな植物や作物が育ちます。

因為溫暖的氣候，這裡有豐富的植物和作物生長。

❹ 名詞の + おかげで

先生のおかげでJLPT N3に合格できました。

多虧了老師，我才能通過日語檢定 N3。

◆ 進階跟讀挑戰

　　スポンサーの支援のおかげで、芸術祭が盛大に開催されました。多のアーティストが集まり、彼らの作品を展示することができました。また、観客も多数来場し、さまざまなアート作品を楽しむことができました。スポンサーのおかげで、芸術祭は成功を収め、地域の文化活動も一層活発になりました。この経験は、アーティストたちにとっても貴重なものとなりました。

　　多虧了贊助商的支持，藝術節盛大的舉辦了。許多藝術家齊聚一堂，並得以展示了他們的作品。此外，許多觀眾前來參觀，並且能欣賞到各式各樣的藝術作品。由於贊助商的幫助，藝術節取得了成功，地方的文化活動也變得更加活躍。這次經驗對藝術家們來說也成為了珍貴的事物。

12 〜おきに
每隔〜

◆ 文法解釋

表示時間或距離的間隔。

◆ 常見句型

- 名詞 + おきに

表示時間或距離的間隔。「おきに」前接續數量詞，以「數量詞+おきに+B」的形式，表示每相隔「數量詞」的時間或距離，會發生 B 的動作或狀態。

◆ 短句跟讀練習

- 名詞 + おきに

この薬は12時間おきに飲んでください。
這個藥請每隔 12 小時服用一次。

この道路には35メートルおきに街灯が設置されている。
這條路上每隔 35 公尺就設置一座路燈。

定期的に病状を追跡するために、私は3週間おきに病院に通わなければならない。
為了定期追蹤病情，我每隔三週必須去一次醫院。

新型コロナウイルス感染症の拡大を防止するために、座席は一つおきに座るようにしてください。

為了防止新型冠狀病毒感染的擴大，請儘量間隔一個座位就座。

◆ 進階跟讀挑戰

ジムに通い始めて、トレーニングは二日おきに行っている。最初は筋肉痛に苦しんだが、徐々に体力がついてきたと感じる。ジムのトレーナーが作ってくれたメニューをこなしながら、毎日の進歩が楽しみになった。これからも二日おきにジムに通い、健康な体作りを続けていきたい。継続は力なりという言葉を実感している。

我開始去健身房並每隔兩天重訓一次。剛開始雖然因為肌肉痠痛很痛苦，但漸漸地感受到體能變好。按照健身房的教練為我制定的訓練菜單的同時，期待每天的進步。今後我也想要每隔兩天去健身房，繼續打造健康的身體。我真實體會到堅持是動力的來源這句話的意義。

13　～おそれがある
恐怕～，有～的危險

◆ 文法解釋

表示有發生某種不好的事情或狀態的可能性，特別是針對負面的事情、負面的預測等。

是較為生硬的用法，常用於新聞或通知上。「おそれ」有時會寫為漢字「恐(おそ)れ」。

◆ 常見句型

❶ 動詞（辭書形）＋おそれがある

表示有發生某種負面的事情或狀態的可能性。

❷ 名詞の＋おそれがある

名詞版本，需要在名詞之後加上「の」。

◆ 短句跟讀練習

❶ 動詞（辭書形）＋おそれがある

台風(たいふう)によって降雨量(こううりょう)が増(ふ)えると、水害(すいがい)や土砂災害(どしゃさいがい)などの災害(さいがい)が発生(はっせい)するおそれがある。
因為颱風帶來的降雨量增加，恐怕會造成水災或土砂災害等災害發生。

早(はや)く心臓(しんぞう)の手術(しゅじゅつ)をしないと、手遅(ておく)れになるおそれがある。
若不快點進行心臟的手術，恐怕會錯過治療時機。

❷ 名詞の＋おそれがある

その生き物は絶滅のおそれがあると言われている。
據說那項物種有滅絕的危險。

梅雨前線が本州付近に停滞する影響で、西日本から東日本で大雨のおそれがあります。
受到梅雨前線在本州附近停滯的影響，從西日本到東日本有可能降下大雨。

✦ 進階跟讀挑戰

　テクノロジーの進化により、私たちの生活は便利になりましたが、同時に新たな懸念も生じています。インターネットやスマートフォンの普及で、個人情報が漏洩するおそれがあります。さらに、人工知能の発展で仕事の自動化が進み、雇用の喪失が心配されています。これらのリスクに対処するためには、セキュリティ対策の強化や教育の充実が必要です。

　因為科技的發展，我們的生活固然變得方便，但同時卻也產生新的擔憂。因為網路及智慧手機的普及，個人資訊恐怕有洩漏的風險。再加上，人工智慧的發展帶來工作自動化的進步，人們因而擔心失去聘僱。為了對應這些風險，需要加強安全對策和充實教育。

14 お〜ください
請您做〜

◆ 文法解釋

「〜てください」的尊敬語。表示敬意的同時，請對方做某事。

◆ 常見句型

- **お+動詞（ます形去ます）+ください**

　　表示依賴的禮貌說法，向對方表示敬意的同時，也請對方做某事。通常，「ください」之前如果是日本原創的「和語」的話會使用「お〜ください」，如果是來自中國的「漢語」則會改用「ご〜ください」。「漢語」發音會比較接近中文，是一個分辨的方法，不過並不可靠，主要還是得多看多讀，才能精準判斷。

◆ 短句跟讀練習

- **お+動詞（ます形去ます）+ください**

　こちらで、少々お待ちください。
　請在此稍加等待。

　お帰りの際は、忘れ物にご注意ください。
　回程時，請留心您的物品。

　階段がありますので、お気をつけください。
　此處有樓梯，請小心留意。

こちらの用紙にご記入の上、お名前とご住所をお書きください。
請填寫這張用表，並請填寫您的姓名與住址。

◆ 進階跟讀挑戰

当社の名前を装った不審なメールが最近増加しています。お客様の個人情報を守るために、不審なメールを受け取った場合、リンクをクリックせず、添付ファイルを開かないようお願い申し上げます。正規のメールは、必ず当社の公式ドメインから送信されます。メールの送信元アドレスや内容に不審な点がある場合は、すぐに当社のカスタマーサポートにご連絡ください。皆様のご協力をお願いいたします。

最近偽裝成本公司名義的可疑郵件有所增加。為了保護您的個人資訊，若收到可疑郵件，請協助切勿點擊連結或點開附件資料。正式郵件必定會以本公司的官方信箱發送。如果郵件的發信地址或內容有任何可疑之處，請立即聯繫本公司的客戶服務部門。感謝大家的配合。

15 お〜になる
做〜（敬語）

◆ 文法解釋

表示尊敬。敬語形式的一種，用於表示對對方的動作的尊敬。

◆ 常見句型

- お＋動詞（ます形去ます）＋になる

　　用於表示對對方或第三者的動作的尊敬。通常，「になる」之前如果是日本原創的「和語」的話會使用「お〜になる」，如果是來自中國的「漢語」則會改用「ご〜になる」。「漢語」發音會比較接近中文，是一個分辨的方法，不過並不可靠，主要還是得多看多讀，才能精準判斷。

◆ 短句跟讀練習

- お＋動詞（ます形去ます）＋になる

部長は急用でお帰りになりました。
部長因為有急事已經回家了。

こちらにお越しになる際は、お電話ください。
前來拜訪時，請先電話聯繫。

いつご出発になりますか。
您什麼時候出發？

本製品をご使用になる前に、必ず取扱説明書をお読みください。

在您使用本製品前,請務必閱讀使用說明書。

◆ 進階跟讀挑戰

　スマートフォンでこのサービスをご利用になる場合は、アプリのダウンロードが必要です。アプリをインストールすることで、いつでもどこでも簡単にサービスにアクセスできるようになります。最新のアップデートや特典情報もすぐに受け取れます。ダウンロードは無料で、インストールも簡単ですので、ぜひお試しください。サポートが必要な場合は、お気軽にお問い合わせください。

　要以智慧型手機使用此服務時,需要下載應用程式。安裝應用程式後,您將能夠隨時隨地簡單的存取服務。您還可以立即接收最新的更新和特典情報。檔案下載是免費的,安裝也很簡單,請您務必嘗試使用。如果您需要協助,歡迎隨時與我們諮詢。

16 〜終わる／終える

做完〜、結束〜

◆ 文法解釋

表動作、行為的完結。為複合動詞，表示「完成某項動作」。不可用於表示自然或生理現象的動詞，例如：「降る（下）」、「吹く（吹）」、「泣く（哭）」、「鳴る（鳴叫）」等。

◆ 常見句型

❶ 動詞（ます形去ます）＋終わる

表示完成某項動作，「終わる」為自動詞，帶有事物自然終結的語感。

❷ 動詞（ます形去ます）＋終える

表示決定努力在某個時間點讓某工作、動作完成。「終える」為他動詞。「〜終える」帶有說話者的意志。

◆ 短句跟讀練習

❶ 動詞（ます形去ます）＋終わる

先週から読み始めた小説がやっと読み終わった。
上週開始讀的小說總算都讀完了。

飲み終わったら、空のペットボトルをリサイクルゴミ箱に捨ててください。
如果飲料喝完，請將寶特瓶丟進資源回收桶。

❷ 動詞（ます形去ます）＋終える

午後の会議に参加しなければならなかったので、私は急いで昼食を食べ終えた。
因為必須要參加下午的會議，我匆忙地將午餐吃完。

彼は何年もかけて、やっと著書を書き終えた。
他花費數年的時間，總算完成了著作。

◆ 進階跟讀挑戰

　　この本は厚い小説ですが、読み終わると深い感動に包まれました。最後まで読者を引き込む魅力があり、驚きの展開もあります。登場人物たちの成長が丁寧に描かれていて、共感できます。読み終わった後、その世界にどっぷりと浸かり、現実に戻るのが少し寂しく感じました。友人にもこの本を勧め、読後の感想を共有するのが楽しみです。この特別な読書体験は深い印象を残しました。物語の力強さと登場人物の魅力が見事に融合したこの小説は、誰にでも読んでほしい一冊です。

　　雖然這是本厚重的小說，但讀完後讓我深刻地感動。擁有直到最後都吸引讀者的魅力，也有令人驚奇的故事發展。細緻地描寫著登場人物的成長，並能讓人產生共鳴。讀完後，我沉浸在那個世界，返回現實讓我感到有些寂寞。我也推薦朋友這本書，並期待一起分享讀後的感想。這份特別的閱讀經驗讓我留下了深刻的印象。巧妙的融合了強而有力的故事情節和登場人物們的魅力的這部小說，是一本希望任何人都一讀的書。

17 〜かける／〜かけの
〜做一半，差點〜

◆ 文法解釋

表示動作仍在進行途中，尚未完成的狀態。或即將成為某個狀態。

◆ 常見句型

❶ 動詞（ます形去ます）＋かける

表示某動作尚未完成，仍在進行到途中的狀態。或表示即將成為某個狀態。

❷ 動詞（ます形去ます）＋かけの＋名詞

後續如果要接續名詞，要改成使用「かけの」。

◆ 短句跟讀練習

❶ 動詞（ます形去ます）＋かける

彼は何か話しかけたが、結局やめて黙り込んでしまった。
他正要說什麼，結果還是放棄，陷入沉默了。

冷蔵庫の中で忘れられていたリンゴが腐りかけてしまいました。
一直被我遺忘在冰箱裡的蘋果快要腐爛壞掉。

海で泳いでいる時に、波にのまれて溺れかけた。

在海裡游泳時，被海浪捲走，差點溺水。

❷ 動詞（ます形去ます）＋かけの＋名詞

飲みかけのコーヒーをテーブルに置いたまま出かけた。

將喝一半的咖啡就這樣放在桌上出門了。

◆ 進階跟讀挑戰

朝、出かける前にカレンダーを見て、友達の誕生日を忘れかけていたことに気づいた。急いでメッセージを送り、ディナーの予約を取った。そして、昼休みにプレゼントを買いに行き、彼女の好きなアクセサリーと小さなケーキも購入した。夕方、彼女と会って手渡したとき、とても喜んでくれた。喜ぶ彼女の顔を見て、改めて大切な日を思い出せてよかったと思った。

　　早上出門前看月曆，發現自己差點忘記了朋友的生日。我趕緊發了訊息，並預定了晚餐。然後，中午休息時去買了禮物，也購入了她喜歡的飾品和小蛋糕。晚上和她見面，將禮物親手送給了她時，她非常高興。看到她高興的臉龐，我再次覺得幸好自己想起這個重要的日子。

18 ～から～にかけて
從～到～

◆ 文法解釋

表示時間或地點的大概範圍。與「～から～まで」用法相似，但不同在於沒有明確的起／終點，而是表示大致的範圍。另外，有時候也可省略「～から」。

◆ 常見句型

❶ 名詞 A から + 名詞 B にかけて

兩個名詞都是表示時間、地點的不同名詞。「～から」之前的名詞 A 為起點，而「～にかけて」之前的名詞 B 則表示終點。

❷ 名詞 + にかけて

「～から」之前的名詞為起點，所以當起點無須特地說明時，可以整個省略掉。

◆ 短句跟讀練習

❸ 名詞 A から + 名詞 B にかけて

明日、東北から九州にかけて雨が続くでしょう。
明天從東北地區到九州地區將持續性降雨。

7月から9月にかけて長期休暇を取り、ヨーロッパの数カ国を旅行する予定です。

預計從 7 月到 9 月休長假，去歐洲數個國家旅行。

彼は肩から腰にかけての負傷で、数週間リハビリに取り組んでいます。

他因為肩膀到腰部受傷，而持續數週的復健。

❹ 名詞 + にかけて

週末にかけて大雪や吹雪に警戒が必要です。

直到週末都要謹防大雪和暴風雪。

◆ 進階跟讀挑戰

　　平日から週末にかけて、仕事や学業に追われる日々が続きます。忙しい平日の後に訪れる週末は、仕事や学業の疲れを癒す貴重な息抜きの時間です。その時間を友人や家族と共に楽しく過ごすことで、心身の疲れを癒し、新たな活力を取り戻すことができます。

　　從平日到週末，每日不斷地忙於工作和學業。在繁忙的工作日後到訪的週末，是療癒工作和學業的疲憊的寶貴喘息時間。透過和朋友及家人共度那段愉快的時光，能夠療癒疲憊的身心，重拾嶄新的活力。

19 ～か何(なに)か
～什麼的，～之類的

◆ 文法解釋

表示列舉與前項類似的事物，通常用於日常對話。「か何か」後接續的助詞「を」、「が」通常會被省略。

◆ 常見句型

❶ 動詞（辭書形）＋か何(なに)か

表示列舉與前項類似的行為。動詞為自同一概念中舉出的一例，用於說話者想表示的並不是特定的某行為，而是也包含其他類似的行為時。

❷ 名詞＋か何(なに)か

表示列舉與前項類似的事物，用於說話者未特定某事物，而是包含類似的事物時。

◆ 短句跟讀練習

❶ 動詞（辭書形）＋か何(なに)か

友達(ともだち)が来(く)るまで時間(じかん)があるから、カフェに行(い)くか何(なに)かしよう。

離我朋友來之前還有時間，要不要去咖啡廳或者做些什麼吧。

❷ 名詞＋か何か

休みの日には映画か何か見に行きませんか。
休假日去看電影之類的嗎？

暑いから、お茶か何か冷たい飲み物を飲みましょう。
天氣太熱了，我們去喝點茶之類的冷飲吧。

飛行機の出発まで時間があるので、ラウンジか何かで時間つぶしをしよう。
因為距離飛機起飛還有時間，要不去休息室之類的地方打發時間吧。

◆ 進階跟讀挑戰

公園を散歩していると、草むらから何かが飛び出してきた。よく見ると、それは野良猫だった。友人が「猫か何かいる！」と叫び、驚いた私は足を止めた。猫は警戒しながらも、私たちの周りをうろうろしていた。その後、友人と一緒に猫を観察しながら、しばらく楽しい時間を過ごした。猫が少しずつ警戒心を解いて近づいてくる様子が、とても心温まる光景だった。

在公園散步時，突然從草叢裡有什麼跳了出來。仔細一看，原來那是一隻野貓。朋友大叫著「有隻貓還什麼的東西！」，嚇了一跳的我停下了腳步。貓咪雖然保持著警戒，但也在我們周圍徘徊不去。在那之後我與朋友一起邊觀察著貓咪，邊渡過了短暫的愉快時間。貓咪一點一點解除警戒心逐漸靠近的樣子，是非常溫馨的畫面。

20 ～返(かえ)す
～回，～還

◆ 文法解釋

複合動詞的用法。表示反抗，或將某動作回復原有狀態，再次進行該動作。

◆ 常見句型

- 動詞（ます形去ます）＋返(かえ)す

    意指以其人之道，還治其人之身。表示對某個狀況、動作的反抗或對抗，針對著某對象，而對其做出該對象對自己做過的行為。此種情形時，通常對於該對象帶有強烈的對抗心態和競爭心態。例如，「殴(なぐ)り返(かえ)す（打回去）」、「言(い)い返(かえ)す（回嘴）」等。

    也可用於表示將某動作回復到原有、最初的狀態，然後再次的、或多次的重複進行該動作。例如，「読(よ)み返(かえ)す（重讀）」、「思(おも)い返(かえ)す（回想）」等，一樣以「動詞（ます形去ます）+返す」表現。

◆ 短句跟讀練習

- 動詞（ます形去ます）＋返(かえ)す

    その瞬間(しゅんかん)を思(おも)い返(かえ)すだけで、今(いま)でも胸(むね)がドキドキする。
    僅僅只是回想那個瞬間，現在心臟仍緊張得碰碰跳。

取引先から大切なメールを何度も読み返して、内容を確認した。
我反覆閱讀了客戶寄的重要郵件並確認內容。

あの子がうちの子を殴ったので、うちの子も殴り返した。
由於那孩子打了我家的孩子，所以我家孩子也打了回去。

彼がビーチボールを投げてきたので、私は笑いながらそれを投げ返した。
他把沙灘球丟了過來，所以我笑邊著把它丟了回去。

◆ 進階跟讀挑戰

学校の休み時間に友人と些細なことで喧嘩になった。彼が手を出してきた瞬間、反射的に殴り返したくなったが、会話で解決しようと決意した。冷静になり、お互いの気持ちを言葉で伝え合うことで、無事に仲直りできた。この経験を通じて、これからは感情的にならずに、友人関係を続けるためには、暴力よりも対話が大切だと再認識した。

　　在學校的休息時間時，我與朋友因為微不足道的小事而吵架了。當他向我出手的瞬間，雖然我反射性地想要揍回去，但我決定要透過對話來解決。冷靜下來，透過語言互相傳達彼此的感受，我們順利的和好了。通過這次的經驗，我重新認識到今後不要感情用事，為了維持友誼，比起暴力，對話更重要。

随堂考②

❶ 請選擇最適合填入空格的文法

1. 東北から関東（＿＿＿）地震がありました。
   1. にかけて　　2. において　　3. について　　4. まで

2. 両親の（＿＿＿）、アメリカに留学することができた。
   1. せいで　　2. おかげで　　3. 間　　4. おかげに

3. この番組は子供に悪い影響を与える（＿＿＿）。
   1. もの　　　　　　　　2. わけがない
   3. おそれがある　　　　4. ことになっている

4. 明日のパーティーには、ピザか（＿＿＿）を持ってきてもらえませんか？
   1. 何か　　2. 何　　3. 何の　　4. 何も

5. 羽田空港行きのバスは10分（＿＿＿）出っている。
   1. あまりに　　2. おきに　　3. おかげに　　4. の間

6. 冷めないうちに、どうぞお召し上がり（＿＿＿）
   1. ください　　2. なさい　　3. ます　　4. になります

7. 長い時間をかけて、ようやくあの小説を読み（＿＿＿）。
   1. 始めた　　2. 終わり　　3. 始まり　　4. 終えた

8. 大好きな小説で、何度も読み（＿＿＿＿）。
   1. 返した
   2. 落とした
   3. 終えた
   4. 替えた

❷ 請選擇最適合填入空格的文法

　　毎年、夏①（＿＿＿＿）秋②（＿＿＿＿）は台風が襲ってくる季節です。先日、我が家も台風の影響を受けましたが、気象庁の予報情報を頼りに事前に備えていた③（＿＿＿＿）被害は最小限に抑えられました。庭の片付けや窓の確認を通じて、台風による被害を予防しました。

　　しかし、これからも秋の終わりまで、台風による土砂災害や浸水害が発生する④（＿＿＿＿）。引き続き警戒心を持ち、安全を確保していく努力が必要です。掃除し⑤（＿＿＿＿）今、家族と協力して防災意識を高め、これからも安全な生活を続けていきます。

① 1. から　　　2. に　　　　3. と　　　　　　4. で

② 1. において　2. で　　　　3. に　　　　　　4. にかけて

③ 1. せいで　　2. おかげで　3. について　　　4. おかげだ

④ 1. 可能性　　　　　　　　2. ことになっている
   3. おそれがあります　　　4. 恐れず

⑤ 1. 終わった　2. 終わり　　3. おいて　　　　4. おく

21 〜がち
有〜的傾向，容易〜，經常〜

◆ 文法解釋

表示容易產生某種狀態，或頻繁地發生或做某動作，通常用於表示負面評價。

◆ 常見句型

① 動詞（ます形去ます）＋がち

接續在動詞後，表示即使是無意的，也容易做出某動作。

② 名詞＋がち

接續在名詞後，表示容易產生該名詞所表示的狀態。

◆ 短句跟讀練習

① 動詞（ます形去ます）＋がち

外食（がいしょく）する際（さい）、メニューには主（おも）に肉（にく）や炭水化物（たんすいかぶつ）が多（おお）く、野菜（やさい）の摂取量（せっしゅりょう）が不足（ふそく）しがちになる。

外食的時候，菜單上多是肉類和碳水化合物為主，容易造成蔬菜攝取量不足。

最近（さいきん）は仕事（しごと）が忙（いそが）しすぎて、よく忘（わす）れ物（もの）をしがちだ。

最近工作太過忙碌而常常忘東忘西。

❷ 名詞＋がち

彼女は免疫力が弱いので、子供の頃から病気がちで、学校を休むことが多い。
她因為免疫系統低落，從小就經常生病導致常常請假。

彼女は伏し目がちに、そうする理由を話し始めた。
她低著頭目光向下地開始述說這麼做的理由。

◆ 進階跟讀挑戰

　最近、健康に気を使っているつもりでも、食事に気をつけないと、栄養不足になりがちです。外食や加工食品を過剰に摂取することで、バランスの取れた食事がおろそかになることがあります。外食では油や塩分が多く含まれる料理が一般的であり、栄養バランスが偏りがちです。

　最近，即使自認有在留心注意健康，但飲食一不小心，就容易造成營養不良。因為過度攝取外食或加工食品，會導致均衡飲食有所疏忽的情形。外食通常是油份或鹽分含量高的料理，營養平衡很容易有偏差。

22 ～からには
既然～就～

◆ 文法解釋

表示既然已經到了某種情況，當然要達成某種結果。「からには」後面多接續「～なければならない」、「～べき」、「～に違いない」等表示義務、決心、意志、推斷、命令等句子。

◆ 常見句型

❶ 動詞（普通形）＋からには

表示因為前項的狀況，當然要達成某種結果，帶有表達說話者將某事堅持做到底的決心。

❷ イ形容詞＋からには

イ形容詞版本，表示因為前項的狀況，而理所當然的會有某種判斷。

❸ ナ形容詞／名詞 である＋からには

ナ形容詞版本，為現在肯定形時需要接續「である」。

❹ 名詞 である＋からには

名詞版本，為現在肯定形時需要接續「である」。

◆ 短句跟讀練習

❶ 動詞（普通形）＋からには

仕事を引き受けたからには責任をもってやり遂げるべきだ。
既然承接了工作，就應該負起責任將它完成。

優勝を目指すと決めたからには、最後まで諦めずに努力し続けなければならない。

既然決定以獲勝為目標，就必須努力不懈堅持到底。

❷ イ形容詞＋からには

ブランドのカバンがこんなに安いからには、きっと偽物に違いない。　名牌包賣這麼便宜，肯定是仿冒品。

❸ ナ形容詞 である＋からには

有名であるからには、自分の発言が社会に与える影響を注意すべきだ。

既然有知名度，就應該注意自己的發言會對社會造成的影響。

❹ 名詞 である＋からには

アイドルであるからには、楽曲やパフォーマンスの練習を日々努力し、完璧なパフォーマンスをファンに届けたい。

既然身為一名偶像，就想要每天努力練習歌曲和舞台表演，帶給粉絲一場完美的演出。

◆ 進階跟讀挑戰

資格試験に挑戦することを決めました。試験を受けるからには、合格を目指して全力で取り組む必要があります。まず、試験範囲を徹底的に把握し、毎日のスケジュールに沿って計画的に勉強します。

　我決定要挑戰資格考試了。既然要參加考試，就必須要以合格為目標，全力以赴。首先，徹底把握考試範圍，按照每日排程有規劃地學習。

23 〜かわりに
A. 〜代替，代用〜／B. 〜作為交換，〜另一面

◆ A. 〜代替，代用〜

◆ 文法解釋

表示原定的人・物・動作改由其他人做，改用其他東西或改做其他事。

◆ 常見句型

❶ 動詞A（普通形）＋かわりに

表示原定的人・物・動作改由其他人做或改以其他事物替代。「かわりに」之前的動作為A，之後為B，以「AかわりにB」的形式，表示前項A的行為被後項B的行為取代。

❷ 名詞の＋かわりに

名詞版本，需要在名詞之後加上「の」。常見以「AのかわりにB」表示前項的A被後項B所取代。

◆ 短句跟讀練習

❶ 動詞（普通形）＋かわりに

今、若い世代は、テレビを見るかわりに、ユーチューブを見るほうが多いそうだ。

現在的年輕人似乎多數改看YouTube而非電視。

今晩は自分でごはんを作るかわりに、
外食することに決めました。

今晚我決定不自己做飯，而是去外面吃來代替。

❷ 名詞の＋かわりに

キャッシュレスの普及に伴い、現金のかわりに電子決済で支払う人が増えてきます。

隨著無現金的普及，使用電子支付來代替現金的人逐漸增加。

◆ 進階跟讀挑戰

外食する代わりに、自宅で手作りのディナーを用意することにしました。新鮮な食材を使って家族みんなが喜ぶ料理を作るのは楽しい時間です。特に、健康を考えたバランスの取れたメニューを工夫しています。例えば、新鮮な野菜をたくさん使ったサラダや、低脂肪のプロテインを含む料理を取り入れています。自宅で料理をすることで家族とのコミュニケーションが深まり、節約にもなります。一石二鳥です。

　　我決定要以在家準備手作晚餐來取代外食。使用新鮮的食材，烹調全家都喜歡的料理是很快樂的時光。特別是花費心思設計考量健康的均衡菜單。例如，大量使用新鮮蔬菜的沙拉或採用含有低脂蛋白質的料理。透過在自家烹煮料理這件事，不僅增進和家人的交流，也節約了開支。是一舉兩得的事。

◆ B. ～作為交換，～另一面

◇ 文法解釋

表示交換條件的關係， 另外，也用於表示相反的另一面，雖然有前項的正面評價但也有後項的負面評價的意思。

◇ 常見句型

❶ 動詞（普通形）＋かわりに

用於表示交換，以「A かわりに B」的形式，表示以 A 為條件，交換 B 的意思。或用於表示有前項 A 的評價，也有後項 B 的評價。

❷ イ形容詞＋かわりに

イ形容詞版本。

❸ ナ形容詞 である／な＋かわりに

ナ形容詞為現在肯定形時，接續為「ナ形容詞であるかわりに」或「ナ形容詞なかわりに」。

❹ 名詞 である＋かわりに

名詞版本，為現在肯定形時，接續為「名詞であるかわりに」。

◆ 短句跟讀練習

❶ 動詞（普通形）＋かわりに
宿題を手伝ってくれるかわりに、お菓子をあげた。
作為幫我寫作業的回報，我給了他點心。

❷ イ形容詞＋かわりに
この辺りのアパートは家賃が安いかわりに治安が悪いと言われています。
據說這附近的公寓房租很便宜但治安很差。

❸ ナ形容詞 である／な＋かわりに
このカフェは店内が快適なかわりに、飲み物が高めです。
這家咖啡廳內雖然舒適，但飲料價格較貴。

❹ 名詞 である＋かわりに
ここは便利な大都市であるかわりに、物価が高い。
這裡是方便的大都市，代價是物價很高。

◆ 進階跟讀挑戰

休日に出かける予定だったが、天気が悪かったのでかわりに家で映画を見ることにした。外出はできなかったが、ゆっくりとリラックスできる時間を過ごせたので、結果的には良い選択だったと思う。

　原本計劃在假日外出，但因為天氣不好，改在家裡看電影。雖然沒能外出，但反而度過了一段輕鬆的時光，所以結果來說還是個不錯的選擇。

24 ～きる
～完，～到極限，～到最後

◆ 文法解釋

表示把某動作做完、做到最後，或表示到達極限。強調動作的終結、完遂。

◆ 常見句型

❶ 動詞（ます形去ます）＋きる

表示把某動作做完、做到最後，或表示到達極限。表示將某動作做完、做到最後，或表示某動作的極限狀態。

❷ 動詞（ます形去ます）＋きれる

「きれる」為可能形，表示能夠將某動作做完或做到最後。

❸ 動詞（ます形去ます）＋きれない

「きれない」為否定形，表示無法將某動作做完或做到最後。

◆ 短句跟讀練習

❶ 動詞（ます形去ます）＋きる

初めてのマラソン大会だったが、練習の成果を発揮し、42キロのゴールまで走りきることができた。

雖然是第一次參加馬拉松比賽，但我發揮了練習的成果，並成功的跑完 42 公里抵達終點。

彼女は子育てで毎日疲れきった状態になっている。

他因為撫育孩子而每天都是疲憊至極的狀態。

❷ 動詞（ます形去ます）＋きれる

この大盛りのパスタを一人で食べきれるか不安だが、挑戦してみる。

雖然擔心這個大份量的義大利麵自己一個人能否吃完，但我會試著挑戰。

❸ 動詞（ます形去ます）＋きれない

諦めきれない夢を追い続けるために、彼は毎日努力している。

為了持續追逐無法割捨的夢想，他每天不斷地努力。

✪ 進階跟讀挑戰

　セール期間中に、食品を大量に購入した。しかし、食べきれないほどの量で、多くの食品が期限切れになってしまった。これにより、食品ロスが発生し、後悔した。次回からは、セールだからといって買いすぎず、必要な分だけを購入するように注意したい。無駄を減らし、節約にもつながるはずだ。

　我在特賣的期間，購買了大量食物。但，因為是多到無法全部吃完的量，造成許多的食物過期了。因此產生食物浪費，而感到很後悔。下次開始，我想要盡量注意不能因為促銷而過度購買，只購買必要的份量。減少浪費，應該也有助於節約。

25 ～気味

感覺有點～

◆ 文法解釋

表示稍微有某種傾向，多用於負面的情況。經常與「ちょっと（有點）」、「少し（有些）」、「やや（稍微）」等副詞一起使用。

◆ 常見句型

❶ 動詞（ます形去ます）＋気味

表示說話者有輕微程度的某種感覺。「A 気味」表示說話者覺得稍微有 A 狀態的傾向。

❷ 名詞＋気味

名詞版本，名詞通常會是某種狀況。

◆ 短句跟讀練習

❶ 動詞（ます形去ます）＋気味

最近仕事が忙しくて残業が多いので、少し疲れ気味です。
因為最近工作繁忙且經常加班，感覺有點疲累。

最近の株価は上がり気味で、特にテクノロジーセクターが好調です。
最近的股票有上漲趨勢，特別是科技類股的前景良好。

❷ 名詞 + 気味(ぎみ)

寝不足(ねぶそく)気味で、今日(きょう)はちょっと耳(みみ)が鳴(な)っています。
好像有點睡眠不足，今天有輕微的耳鳴症狀。

今朝(けさ)から風邪(かぜ)気味で、熱(ねつ)っぽくて頭(あたま)が痛(いた)いです。
從今天早上開始感覺有點感冒，發燒而且頭痛。

✦ 進階跟讀挑戰

最近(さいきん)、仕事(しごと)が多(おお)くて少(すこ)し疲(つか)れ気味(ぎみ)だ。オフィスから帰(かえ)ってきても、メールのチェックや報告書(ほうこくしょ)の作成(さくせい)など、やることが山積(やまづ)みだ。特(とく)に週末(しゅうまつ)は翌週(よくしゅう)の準備(じゅんび)をまとめてするため、体力的(たいりょくてき)にも精神(せいしん)的にも疲(つか)れがたまっている。疲(つか)れ気味(ぎみ)の状態(じょうたい)では、仕事(しごと)の効率(こうりつ)も悪(わる)くなりがちだ。そこで、同僚(どうりょう)と協力(きょうりょく)して分担(ぶんたん)するようにした。みんなで業務(ぎょうむ)を手分(てわ)けすることで負担(ふたん)が軽減(けいげん)され、少(すこ)しずつ疲(つか)れも改善(かいぜん)されている。

　　最近工作很多而感到有點累。即使從辦公室回到家，郵件的確認或製作報告書等，要做的事情堆積如山。特別是週末要彙總處理下週的工作準備，不論是體力上還是精神上都積累著疲勞。感到疲倦的狀態下，工作的效率也有變差的傾向。因此，我與同事合作並分擔了工作。靠著大家分擔業務，負擔減輕了，疲憊也在逐漸慢慢改善。

26　〜くらい
簡直〜，像〜

◆ 文法解釋

表示狀態的程度。用以比喻或舉出具體例子表示動作或狀態的程度。

◆ 常見句型

❶ 動詞（普通形）＋くらい

表示動作或狀態的程度。以「Aくらい B」的形式，前半舉出具體例子的 A，來表示後半 B 狀態的程度。

❷ イ形容詞＋くらい

イ形容詞版本。

❸ ナ形容詞な＋くらい

ナ形容詞版本，ナ形容詞為現在肯定形時，接續為「〜なくらい」。

❹ 名詞＋くらい

名詞版本。

◆ 短句跟讀練習

❶ 動詞（普通形）＋からには

そのコメディ映画が面白すぎて、腹が痛くなるくらい笑った。

那部喜劇電影真是太有趣，簡直笑得肚子都痛了。

❷ イ形容詞＋くらい

夜になると、一人暮らしの部屋は寂しいくらい静かだ。

每到夜晚，一個人生活的房間就安靜地令人感到寂寞。

❸ ナ形容詞な＋くらい

今日のお昼は倒れそうなくらい暑いです。水分補給をしっかりしないとね。

今天中午熱到要暈倒般。不好好補充水分不行。

❹ 名詞＋くらい

山上君くらい背が高いといいな。

要是有山上般的身高就好了。

◆ 進階跟讀挑戰

友人たちと行ったカレー専門店で、涙が出るくらい辛いカレーに挑戦した。店の名物「超激辛カレー」を注文し、一口食べた瞬間、口の中が火を吹くような感覚だった。涙が止まらず、友人たちと笑いながら必死で食べたが、結局完食できなかった。辛さに挑む楽しさと苦しさを味わった一日だった。

　　和朋友在一起去的咖哩專賣店挑戰了辣到眼淚都要流出來的咖哩。我們點了這家店知名的「超級辣咖哩」，吃下一口的瞬間，嘴裡像是噴火一樣的感覺。雖然淚流不止的和朋友邊笑，邊拼命地吃了，最後還是沒能全部吃完。這是體驗挑戰辛辣的樂趣與痛苦的一天。

27 〜くせに
明明〜卻，儘管〜但是

◆ 文法解釋

表示逆接接續。與「のに」意思相似，但含有強烈的不滿、指責批評或輕蔑怪罪別人的語氣。「くせに」後接續的會是負面的評價。

◆ 常見句型

❶ 動詞（普通形）+ くせに

表示對於某對象與其身份、立場、狀態不相稱，而帶有強烈的不滿、指責批評或輕蔑的語氣。前後句子的主詞須一致，且不可用於自己身上。

❷ イ形容詞 + くせに

イ形容詞版本。

❸ ナ形容詞 な + くせに

ナ形容詞版本，ナ形容詞結尾必須是「な」。

❹ 名詞の + くせに

名詞版本，需要在名詞之後加上「の」。

◆ 短句跟讀練習

❶ 動詞（普通形）+ くせに

彼(かれ)は本当(ほんとう)のことを知(し)っているくせに、知(し)らないふりをしている。　他明明就知道真相，卻裝作不知道。

❷ イ形容詞 + くせに

彼は若いくせにどんなことをしてもすぐに疲れたと言う。

他明明還年輕,卻不管做什麼都馬上喊累。

❸ ナ形容詞 な + くせに

彼女のこと好きなくせに、人の前で冷たい態度を取っている。

明明喜歡她,卻總在大家面前表現態度冷淡。

❹ 名詞の + くせに

大人のくせに、いつも責任を逃れようとする。

明明是成年人卻總是想試圖逃避責任。

◆ 進階跟讀挑戰

友情は信頼と支え合いが大切です。友達が困っていると、助け合いたいと思います。しかし、時には友達が頼んだお願いを断ることもあります。それでも、「友達のくせに、助けてくれないの？」と言われると、少し傷つきます。でも、友情は相手を無理に助けることではなく、時には断ることも含まれると思います。それは、お互いの状況や限界を尊重することで、真の友情が育まれるからです。

　　友情裡信賴和互相支持是很重要的。當朋友正感到困擾時,我會想要彼此互相幫忙。但是,也有拒絕朋友拜託我的請求的時候。即使如此,但被說「明明是朋友卻不幫我嗎?」的話,還是有點受傷。但是,我認為友情並不是硬勉強自己去幫助對方,有時也包含拒絕。這是因為透過尊重彼此的狀況和界限,才能培育出真正的友情。

28 ～結果
由於～，～的結果

◆ 文法解釋

表示原因。表示以某行為或某事件為原因，而有後項的結果。

◆ 常見句型

❶ 動詞（た形）+結果

表示以某行為或某事件為原因，而發生後項的結果。以「A 結果 B」的形式，表示前項行為 A 為原因，而有後項 B 的結果。後項 B 通常接續決定做某事、發生某種變化或發現某事實的內容。

❷ 名詞の+結果

名詞版本，需要在名詞之後加上「の」。

◆ 短句跟讀練習

❶ 動詞（た形）+結果

毎日30分運動した結果、一か月で2キロ痩せました。
由於每天運動 30 分鐘，結果 1 個月內瘦了 2 公斤。

友達と話し合った結果、夏休みの旅行先は北海道に決まった。
和朋友討論後的結果，暑假的旅行地點就決定為北海道了。

❷ 名詞の＋結果

投票の結果、彼は新しい市長に選ばれました。
投票的結果顯示，他被選為新任市長。

アンケート調査の結果、フリーランスの最大の課題は収入の安定性であることが浮き彫りになりました。
問卷調查顯示，顯現出自由業者的最大課題是收入的穩定性。

◆ 進階跟讀挑戰

新しい実験方法を導入した結果、驚くべき成果を上げることができました。以前は困難だったデータの収集が格段に簡単になり、分析の精度も飛躍的に向上しました。そのおかげで、論文の質も大幅に向上し、様々な学会での発表の機会が増えました。この研究成果は、今後の研究における重要な礎となり、研究チーム全体のモチベーションも高まりました。これからも、この成功を糧にさらなる研究に邁進していきます。

　　由於導入新的實驗方法，而取得了驚人的成果。以前困難的數據收集變得格外簡單，分析的精確度也飛躍性地提高了。多虧於此，論文的品質也大幅地提升，於各種學會發表的機會也增多。這一研究成果將成為在今後研究方面的重要基石，研究團隊整體的士氣也高昂起來了。今後，我們將以這次成功為食糧，繼續邁向研究工作。

29 〜こそ
〜才是，〜正是

◆ 文法解釋

表強調，不可用於強調負面的事情。

◆ 常見句型

- 名詞＋こそ

  用於強調前面的名詞，名詞可以是人、時間或事物。

◆ 短句跟讀練習

- 名詞＋こそ

  健康こそが何よりも大切です。
  身體健康比什麼都重要。

  練習を続けることこそが、成功への道を切り拓く鍵です。
  持續不斷的練習，才是開拓通往成功之道的關鍵。

  常に前向きな姿勢を保つことこそが、夢を実現するための不可欠なステップです。
  始終保持積極的態度，才是為實現夢想最關鍵的一步。

今度こそ、真剣に勉強して次の試験で高得点を取るつもりです。

這回真的要認真學習，打算在下次的考試中取得高分。

◆ 進階跟讀挑戰

疑問こそが学びの始まり。疑問を持つことは、新しい知識や理解を築くための第一歩です。疑問が生まれると、私たちは探求し、調査し、考えることを始めます。その過程で、深い洞察や理解が得られることがあります。また、疑問は創造性や革新性を刺激し、新しいアイデアや解決策を生み出す源となります。したがって、疑問を抱くことは、常に成長と学びの機会を提供します。

疑問正是學習的開端。抱持疑問是為了建立新知識和理解的第一步。一旦產生疑問，我會開始探求、調查、思考。在那過程中，有時能獲得深度洞察力或理解。另外疑問會刺激創造性和革新性，成為想出新的主意或解決之策的根源。因此，心存疑惑總是提供成長與學習的機會。

30 ～ことにする
決定～

◆ 文法解釋

根據說話者的主觀意志或判斷決定做某事。經常用於日常口語。

◆ 常見句型

❶ 動詞（辭書形）＋ことにする

　　表示說話者以自己的意志決定做前項的動作、行為。「ことにする」為對於將來的行為，當下或瞬間做的決定，過去式的「ことにした」代表對於前項行為已做好決定並對此陳述、回覆時，而現在式的「ことにしている」則表示前項已決定的行為，將持續進行，用於表示習慣。

❷ 動詞（否定形）＋ことにする

　　否定版本，表示說話者以自己的意志決定不做前項的動作。

◆ 短句跟讀練習

❶ 動詞（辭書形）＋ことにする

夏休みを有意義に過ごすために、自己啓発の本を読むことにした。
為了度過有意義的暑假，我決定讀自我啟發的書籍了。

食事だけでは補えない栄養素を摂るために、毎日サプリメントを摂取することにしています。
為了補充僅靠飲食無法足夠攝取的營養素，我決定養成每天服用保健食品的習慣。

ダイエットのために、来週から運動する
ことにする。
為了減肥，我決定下週開始去運動。

❷ 動詞（否定形）＋ことにする

今夜はワールドカップの決勝戦なので、寝ないことにしました。
因為今晚是世界盃足球賽的冠軍戰，所以我決定不睡了。

◆ 進階跟讀挑戰

　プラスチック製品を使わないことにした。これまでの習慣を変え、買い物にはマイバッグを持参し、飲食店でのテイクアウトには再利用可能な容器を使用することを決意した。環境問題に対する意識が高まる中、自らの行動が地球に与える影響を考えるようになった。これは小さな一歩かもしれないが、継続して取り組むことで、地球環境への貢献が実感できると信じている。

　我決定不再使用塑膠製品。我下定了決心要改變至今為止的習慣，購物時帶著自己的隨身袋，在餐飲店外帶時使用可再利用的容器。人們對於環境問題的關注正持續高漲，並開始思考自身行動對環境造成的影響。雖然這也許只是一小步，但我堅信著透過不斷地盡自己全力，一定能切實感受到對環境的貢獻。

隨堂考③

❶ 請選擇最適合填入空格的文法

1. リーダーである（＿＿＿）、計画の成功に責任を持たなければならない。
   1. からには　　2. と　　　　3. のに　　　　4. からは

2. 数え（＿＿＿）ほどの星が夜空に輝いている。
   1. きった　　2. きれない　　3. きる　　　　4. きり

3. 大学の入学試験が近づいてきたので、彼は少し焦り（＿＿＿）のようです。
   1. から　　　2. なり　　　　3. すぎ　　　　4. 気味

4. ストレスが溜まると、睡眠不足になり（＿＿＿）です。
   1. 気味　　　2. すぎ　　　　3. にくい　　　4. がち

5. 彼女は初心者の（＿＿＿）、プロのように振る舞う。
   1. くせに　　2. ように　　　3. ために　　　4. なのに

6. ストレス解消のために、毎日瞑想する（＿＿＿）。
   1. ことにする　2. ことがする　3. ことがある　4. こそだ

7. 自転車を買う（＿＿＿）、レンタルサイクルを利用する人が増えている。
   1. ために　　2. かわりに　　3. のに　　　　4. ときに

8. 彼女は驚く（＿＿＿）美しい。

　　1. くらい　　　2. がち　　　3. まで　　　4. だけ

❷ 請選擇最適合填入空格的文法

　　最近、忙しい日常の中で風邪①（＿＿＿）になり②（＿＿＿）だ。体調を崩さないように気をつけているので、健康管理をしっかりする③（＿＿＿）。そのため、夜更かしを控え、早寝早起きを心がけている。毎日忙しくて体調を崩しがちだけど、健康④（＿＿＿）が一番大切だ。疲れている⑤（＿＿＿）無理をしてしまうことが多いが、今後は自分の体を第一に考えるようにする。その結果、体調が良くなり、仕事の効率も上がった。

① 1. 気味　　　2. に　　　3. と　　　4. で

② 1. 感じ　　　2. がち　　　3. かた　　　4. から

③ 1. ことにしている　　　2. 決まった
　　3. とした　　　　　　　4. として

④ 1. に　　　2. の　　　3. だから　　　4. こそ

⑤ 1. おかげで　　2. くせに　　3. なのに　　4. から

31 ～込む

裝入～，進入～，深入地～，持續地～

◆ 文法解釋

此文法有兩種意思：

1. 表示某動作從外部往內部移動。
2. 表示某動作狀態極高的程度，或長時間的持續。

如後敘，這兩個意思的文法也是一樣的，需要看句子的意思來判斷是哪個意思。

◆ 常見句型

❶ 動詞（ます形去ます）+ 込む

表示前項某動作從外部往內部移動，進入其中、或將之放入。

❷ 動詞（ます形去ます）+ 込む

表示強化前項某動作狀態，或該狀態不斷持續進行。

◆ 短句跟讀練習

❶ 動詞（ます形去ます）+ 込む

物価上昇に伴い、値上げ前にスーパーで大量に日用品や食材を買い込む人もいる。

隨著著物價上漲，也有在漲價前就在超市大量購買日用品和食材的人。

うちの子が薬を飲み込めるように、ジュースに混ぜてあげた。　為了讓我家孩子能夠將藥吞下去，所以把它混在果汁裡了。

❷ 動詞（ます形去ます）＋込む

さっきから何かを考え込んでいるようだけど、どうしたの。
從剛才開始就一副在思索著什麼的模樣，發生什麼事了？

野菜と肉を2時間ほど煮込んで旨みを引き出すと、料理全体の風味が深まります。
把蔬菜和肉類燉煮 2 小時左右帶出鮮甜味的話，將增添料理整體的風味層次。

◆ 進階跟讀挑戰

　長期旅行のため、スーツケースに荷物を詰め込む収納方法を考え抜いた。洋服は用途別に分けてパッキングキューブに収納し、靴はシューズバッグに入れた。お土産を購入するために、スーツケースの一部を空けておいた。トラベルサイズの洗面用具や化粧品をジッパーバッグに入れて整理し、取り出しやすいように配置した。これで旅行中も快適に過ごし、たくさんのお土産を持ち帰れる。

　為了長期旅行，我仔細思考了將行李塞入行李箱的收納方法。將洋裝依用途分類，收納進分裝收納袋，鞋子則裝進了鞋盒裡。為了購買伴手禮，將行李箱預留空出一部分。將旅行裝的盥洗用具或化妝品裝入夾鏈袋內整理好，並以能輕易拿取而進行了排列。如此一來旅行中也能愉悅地度過，並能帶許多伴手禮回家。

32 〜最中(さいちゅう)
正在〜的時候

◆ 文法解釋

表示某動作、現象正在進行中。另外，不能與瞬間動詞及狀態動詞一起搭配使用。

◆ 常見句型

❶ 動詞（ている）＋最中(さいちゅう)

用於某動作、現象進行中，在達到巔峰時，發生預期以外的事件。常會以「A 最中(さいちゅう) B」的形式出現，表示當動作 A 正在進行時，發生後項 B 的事情。另外，需注意 A 動詞會變化成「て形」。

❷ 名詞の＋最中(さいちゅう)

名詞版本，需要在名詞之後加上「の」。

◆ 短句跟讀練習

❶ 動詞（ている形）＋最中(さいちゅう)

寝(ね)ている最中(さいちゅう)に大(おお)きな地震(じしん)が起(お)こった。
睡得正熟時，發生了大地震。

天(てん)ぷらを揚(あ)げている最中(さいちゅう)に、インターホンが鳴(な)った。
正在炸天婦羅的時候，門鈴響了。

❷ 名詞の＋最中

オンライン会議の最中にインターネットの接続が悪くなり、頻繁に切断されてしまった。
線上會議正在進行的時候，網路連線不穩一直中斷。

サッカー試合の最中に突然大雨が降ってきて、中止になった。
正當足球比賽進行到一半時，突然下起大雨而中止比賽了。

◆ 進階跟讀挑戰

料理を作っている最中に、突然地震が発生しました。揺れが激しく、食材がテーブルから落ちる音が聞こえました。慌ててガスを止め、家族を呼び集め、安全な場所に避難しました。家の中では食器が床に散乱し、棚の上の物が倒れていました。

正當我料理烹調到一半時，突然發生了地震。搖晃很激烈，我聽到了食材從桌子上掉落的聲音。我慌慌張張的關掉瓦斯，呼喚家人聚集並避難到了安全的地方。家裡面餐具散亂在地板，架上的東西都傾倒了。

33　～際は／際に
～的時候

◆ 文法解釋

　　表示動作或行為的時間點或情境。大多時候與「時」可替換，但與「時」相比，是較生硬的表現方式，多用於書面或正式場合。「際」之後的助詞依情況而定，有時也可不加。

◆ 常見句型

❶ 動詞（普通形）＋際＋は／に

表示某個動作或行為進行的時間點或發生的場合、情況。

❷ 名詞の＋際＋は／に

名詞版本，需要在名詞之後加上「の」。

◆ 短句跟讀練習

❶ 動詞（普通形）＋際＋は／に

ビザを申請する際にパスポートなど申請書類が必要です。
申請簽證的時候，需要護照等申請資料。

クレジットカードを紛失した際には、クレジットカード裏面の電話番号にご連絡ください。
信用卡遺失時，請撥打信用卡背面電話與我們聯繫。

❷ 名詞の＋際＋は／に

電車をお降りの際は、お忘れ物のないよう、ご注意ください。

下車請留意不要忘記您的隨身物品。

お出かけの際は念のため折り畳みの傘など雨具をご用意ください。

以防萬一，外出時請備妥摺疊傘等雨具。

✦ 進階跟讀挑戰

引っ越しの日が近づいてきた。この際に、不要なものを全部整理しようと思う。長年使っていないものや壊れているものを捨てて、必要なものだけを新しい家に持って行く予定だ。これを機に、断捨離を実践して生活環境を一新したい。断捨離とは、物を減らし心の整理をすることだ。物が減れば心もすっきりするだろうし、新しいスタートを切る良い機会になるはずだ。

搬家的日子越來越近了。趁此機會，我想將不需要的東西全部做個整理。丟棄長年沒有再用的東西或壞掉的東西，並預計只帶需要的東西到新家。以此為契機，我想實踐斷捨離並讓生活環境煥然一新。所謂的斷捨離，是指減少物品並整理自己的心的意思。物品減少的話心情大約也會變得舒暢，應該能成為新的開始的好機會。

34 ～さえ
連～都，甚至～

◆ 文法解釋

舉出一個極端的例子，類推其他事物也應當如此。助詞「を・が」時可省略，其他助詞則不可省略。

◆ 常見句型

❶ 名詞＋さえ

強調連舉例都這樣了，其他的當然也是。以「名詞さえ」的形式，表示連名詞都這樣了，其他的當然也是。

❷ 名詞＋でさえ

同上述，但接在主語之後時，常會改用「でさえ」。

◆ 短句跟讀練習

❶ 名詞＋さえ

彼は料理を作ったことがなく、目玉焼きさえできません。
他沒有任何料理經驗，連荷包蛋都不會煎。

今日は忙しすぎて、昼ご飯を食べる時間さえなかったです。
今天太過忙碌，連吃午飯的時間都沒有。

彼は親にさえ相談せずに結婚を決めた。
他甚至沒和父母商量就決定結婚了。

❷ 名詞＋でさえ

そんな簡単なことは子供でさえわかるよ。
那麼簡單的事連小孩子都懂。

◆ 進階跟讀挑戰

　テクノロジーの進化は日進月歩だ。今では、子供でさえスマートフォンやタブレットを使いこなしている。特にオンライン学習が普及し、デジタル機器の操作が日常生活の一部となっている。授業の配信や宿題の提出もデジタルで行われ、子供たちは自然と最新の技術に触れているのだ。大人も負けずに新しい技術に適応する必要がある。例えば、リモートワークやデジタルツールの活用はもはや避けて通れない。技術の進化に遅れを取らないためには、積極的に学び続けることが重要だ。

　科技的進步日新月異。現如今，就連小孩子都熟練著使用智慧型手機和平板電腦。尤其是線上學習變得普遍，數位機器的操作成為日常生活的一部分。課程的直播和作業的提交也都以數位進行，所以小孩子們自然地接觸到最新的技術。大人也不要認輸必須適應新的技術。例如，遠距離辦公或數位工具的活用已經是不可避免的事情。為了不落後於技術的進步，積極的持續學習是很重要的。

35 ～さえ～ば
只要～就

◆ 文法解釋

表示只要滿足一個條件，後面狀態就會成立。

◆ 常見句型

❶ 動詞（ます形去ます）＋さえ＋動詞（假定形）＋ば

表示只要滿足前項條件，後面狀態就會成立。「A さえ～ば B」表示後項 B 的成立，需視前項 A 的條件是否成立。

❷ イ形容詞く／ナ形容詞で＋さえ＋動詞（假定形）＋ば

形容詞版本。需注意「イ形容詞」及「ナ形容詞」的變化。

❸ 名詞さえ＋動詞（假定形）＋ば

名詞版本。名詞後接續假定形，因此可接續動詞、形容詞的假定形。

◆ 短句跟讀練習

❹ 動詞（ます形去ます）＋さえ＋動詞（假定形）＋ば

10分早く出かけさえすれば、約束の時間に間に合わない心配をしなくて済むよ。

要是再早 10 分鐘出門，就可以不用擔心趕不上約好的時間了。

❶ イ形容詞く／ナ形容詞で＋さえ＋動詞（假定形）＋ば

家族が健康でさえいてくれれば、他に何も望むことがない。

只要家人健康，其他的我都不奢望。

❷ 名詞さえ＋動詞（假定形）＋ば

今の時代、スマホさえあれば、お財布を持たなくても支払えます。

現在這時代，只要有手機，即使沒帶錢包也能付款。

結婚相手の条件？年収さえ高ければ、他はどうでもいいよ。

結婚對象的條件？只要年收夠高，其他怎樣都好唷。

◆ 進階跟讀挑戰

努力さえすれば、夢を実現できる。私はプロのスポーツ選手になりたい。毎日の練習を欠かさず、自分の限界に挑戦することで、目標に近づいていると感じる。試合に勝つたびに、努力の成果を実感する。たとえ困難があっても、諦めずに努力を続ければ、夢は必ず叶うと信じている。

　　只要努力，就能實現夢想。我想要成為職業運動選手。透過每天不斷地練習，挑戰自己的極限，我感覺自己正在接近目標。每當比賽獲勝，就切身感受到努力的成果。我相信即使困難，但只要不放棄持續努力的話，夢想一定會實現。

36 ～させていただく
請讓我～，請允許我～

◆ 文法解釋

謙讓語的表現。表示請求許可，是「させてもらう」的謙讓語。由於對方的許可，使自己得到恩惠。

◆ 常見句型

- 動詞（使役て形）＋いただく

    表示請求許可做某事。但須注意使用情形為，需用於有關說話者的行為，且對於將要進行的動作，由於對方的許可，使自己得到恩惠。

◆ 短句跟讀練習

- 動詞（使役て形）＋いただく

    明日の会議も出席させていただきます。
    明天的會議也請讓我出席。

    体調が悪いため、休みを取らせていただけますか。
    因為身體不適，可以讓我請假嗎？

    詳細については、後程確認させていただきます。
    有關詳細內容，請容我稍後確認。

次の予定がありますので、ここで退席させていただきます。

因為還有接下來的行程，請讓我在此告退。

◆ 進階跟讀挑戰

今回のプロジェクトに参加させていただく機会をいただき、誠にありがとうございます。皆様と共に働けることを大変光栄に思っております。プロジェクトの成功に向けて、全力を尽くさせていただきますので、何卒よろしくお願い申し上げます。また、何かお手伝いできることがあれば、ぜひお申し付けください。引き続き、どうぞご指導ご鞭撻のほど、よろしくお願いいたします。

感謝能夠參與此次專案的機會，對此深感榮幸。能夠與各位一同合作，我倍感光榮。為了確保專案的成功，我將全力以赴，因此懇請大家多多指教。此外，若有任何需要我協助的地方，請隨時告知。再次感謝大家的指導與鞭策，未來也請多多關照。

37 〜しかない／〜ほかない
只能〜，只好〜

◆ 文法解釋

表示除此以外沒有其他方法，只有這麼做的意思，抱有消極、放棄的語氣。

◆ 常見句型

- **動詞（辭書形）＋しかない／ほかない**

    表示別無選擇，除了這麼做沒有其他辦法。但與「しかない（只有〜）」相比，「ほかない（沒有別的）」語感上較鄭重，另外，「ほかない」是「（より）ほか（は）ない」、「ほか（しかたが）ない」的意思，括弧內使用上可省略。

◆ 短句跟讀練習

- **動詞（辭書形）＋しかない／ほかない**

    事故で電車が動かないから、タクシーで行くしかない。
    電車因事故停駛了，只好搭計程車去。

    頼める人がいないから、自分でやるしかない。
    因為沒有可以拜託的人，所以只好自己做。

地震でテレビが倒れて壊れたので、新しいのを買うほかない。

因為地震導致電視摔壞，只能買一個新的。

この仕事を期限までに終わらせるには、徹夜するほかない。

要在期限內完成工作的話，只能熬夜趕工了。

◆ 進階跟讀挑戰

デスクの上が書類でいっぱいだ。正直、整理はやりたくないけど、やるしかない。整理しないと、必要な書類を見つけるのが難しくなるからだ。必要なものと不要なものを分けて、効率的に仕事ができる環境を作りたいと思っている。

　桌上堆滿了文件。說實話，雖然不想整理，但我只能動手去做了。因為若是不整理的話，很難找到需要的文件。我想要將必要與非必要的文件分類，打造有效率的工作環境。

38 ～ずに
不做～而做～

◆ 文法解釋

　　表示在不做某動作的情況下，去做另一件事。「ず」與「ない」同義，表示否定。「ずに」是「ないで」的書面寫法。

◆ 常見句型

- 動詞（否定型去掉ない）＋ずに

　　表示否定、不進行前項動作的狀態下，執行後項的某行為。

◆ 短句跟讀練習

- 動詞（否定型去掉ない）＋ずに

風邪を引いたから、週末はどこにも行かずに家で寝ました。
因為感冒，所以周末沒有去任何地方而是在家睡覺。

何か困ったことがあったら、遠慮せずに相談してください。
如果有什麼困擾的事，請不用客氣隨時與我們商量。

朝起きるのが遅かったので、朝ご飯を食べずに学校に行った。
因為早上太晚起床，所以沒吃早餐就去學校了。

セルフレジの導入により、お客様は店員を待たずに会計を済ませることができます。

透過自助結帳的導入，顧客可以不用等待店員就能完成結帳。

◆ 進階跟讀挑戰

　サービス業ではお客様とのコミュニケーションが非常に大切です。どんなに忙しくても、笑顔を絶やさずに対応することで、お客様に喜んでもらえます。笑顔は信頼を築くための重要な要素であり、サービスの質を向上させる鍵となります。

　在服務業中，與顧客的溝通非常重要。無論多麼繁忙，隨時臉上都帶著笑容進行接待，就能讓顧客感到愉悅。笑容既是構築信賴的重要元素，也是使服務品質提昇的關鍵鑰匙。

39 〜せい

由於〜，因為〜，都怪〜

◆ 文法解釋

表示因為某種原因、理由導致不好的結果。「せい」之後通常接續「だ（斷定）」、「で（表原因）」、「か（疑問）」等等助詞或助動詞來表示不同意思。

◆ 常見句型

❶ 動詞（普通形）＋せい

表示因為前項的某種動作、行為，導致不好的結果。

❷ イ形容詞＋せい

表示因為前項的某種狀態，導致不好的結果。

❸ ナ形容詞な／である＋せい

ナ形容詞版本，接續為「〜なせい」或「〜であるせい」

❹ 名詞の／である＋せい

表示因為前項的某個對象，導致不好的結果。名詞接續為「〜のせい」或「〜であるせい」。

◆ 短句跟讀練習

❶ 動詞（普通形）＋せい

昨日、飲みすぎたせいで頭が痛い。
都怪昨晚喝太多的酒，所以頭很痛。

❷ イ形容詞＋せい

暑いせいか、体がだるいし、食欲もない。
可能是天氣太熱的關係，不僅身體倦怠也沒有食慾。

❸ ナ形容詞な／である＋せい

私の説明が下手なせいで、みんなが混乱してしまった。
都是因為我說明得太差，大家都感到混亂了。

❹ 名詞の／である＋せい

こんなことになったのは全部お前のせいだ！
事情會變成這樣都是你的錯！

◆ 進階跟讀挑戰

　家族旅行の日、出かけるのが遅れ、交通渋滞のせいで飛行機に間に合わないかと焦った。空港にギリギリ到着し、全員が急いでチェックインカウンターに向かった。幸い、間に合って無事に搭乗することができた。旅行の初日からドタバタだったが、家族全員で楽しい時間を過ごすことができた。

　家庭旅遊那天，由於出門時間晚了，再加上塞車，而擔心不知是否趕得上飛機。勉強趕到機場，全家人急忙地朝報到櫃檯奔去。幸好，我們趕上了飛機，順利登機。雖然旅行的第一天開始就如此忙亂，但全家人仍度過了愉快的時光。

40 ～たがる
希望～，想要～

◆ 文法解釋

表示第三人稱的要求或願望。

◆ 常見句型

- **動詞（ます形去ます型）＋たがる**

　　表示第三人稱想要做某動作的願望。需注意一般不會使用在第一人稱（自己）與第二人稱（交談中的對象），也不適合使用於身分地位比自己高的人。以「Aたがる」表示某人想要做動作A。另外，表示動作對象的助詞不使用「が」而是「を」。

◆ 短句跟讀練習

- **動詞（ます形去ます型）＋たがる**

漫画の新刊が出ると、弟はすぐに読みたがるので、私が買ってあげました。
當漫畫的最新卷發售，弟弟就想馬上看，所以我買給了他。

週末になると、子供たちは遊園地に行きたがる。
每到週末，孩子們就想去遊樂園。

母はキッチン用品を見ると、いつも買いたがる。
媽媽一看到廚房用品，就總是想要買。

彼女は仕事を辞めたがっていますが、
新しい仕事が見つからなくて、まだ辞められません。

她雖然一直想辭職，但因為找不到新的工作，所以還無法辭職。

◆ 進階跟讀挑戰

妻は最近、温泉に行きたがっています。毎日の仕事と家事で疲れているので、リラックスできる場所を探しているようです。特に、山間の静かな温泉地で自然に囲まれながら過ごすことを楽しみにしています。私も同じ気持ちで、週末には二人で温泉旅行に行く計画を立てました。温泉に浸かりながら、日頃の疲れを癒す素晴らしい時間になるでしょう。

妻子最近一直想要去泡溫泉。因為每天的工作和家事而感到疲憊，因此她似乎在尋找能夠放鬆的地方。特別是期待著在山間幽靜的溫泉地，享受在大自然環繞中度過。我也有一樣的想法，所以規劃了週末兩人一起去溫泉旅行的計畫。這將成為泡著溫泉，邊療癒日常疲勞的美好時光。

隨堂考④

❶ 請選擇最適合填入空格的文法

1. 電車が遅れているので、タクシーで行く（　　　）。
   1. しかない　　2. ほか　　3. ない　　4. だ

2. 映画を見ている（　　　）に、電話が鳴った。
   1. 最中　　2. 前　　3. 後　　4. 前後

3. 彼女は、自分の電話番号（　　　）知らない。
   1. こと　　2. さえ　　3. さえに　　4. なら

4. プロジェクトの進捗について報告（　　　）。
   1. させていただきます　　2. いただきます
   3. になります　　4. 申し上げます

5. 海外旅行の（　　　）、パスポートを忘れないようにしてください。
   1. 際に　　2. 場に　　3. 前に　　4. 後に

6. インターネット接続（　　　）、どこでも仕事ができる。
   1. しれば　　2. ので　　3. さえあれば　　4. なので

7. 電車の遅延の（　　　）、待ち合わせに遅れた。
   1. せいで　　2. おかげで　　3. くせに　　4. ことで

8. 彼は新しい職場にすぐに（＿＿＿）。
　1. 溶けた　　　2. 出ていった　　3. 笑いだした　　4. 溶け込んだ

❷ 請選擇最適合填入空格的文法

最近の天気は非常に不安定で、特に梅雨の①（＿＿＿）は毎日雨が降ります。先日、コンサートに行く②（＿＿＿）傘を持た③（＿＿＿）に出かけたため、帰り道にずぶ濡れになってしまいました。雨の④（＿＿＿）風邪をひいてしまい、しばらく仕事を休む⑤（＿＿＿）。友人との約束もキャンセルせざるを得ず、残念な気持ちでした。天気予報を確認せずに外出するのはリスクが高いと感じました。今後は、雨の日でも楽しめる室内活動を見つけるようにします。

① 1. に　　　　　2. 最中に　　　3. なか　　　　4. とき

② 1. 際に　　　　2. のに　　　　3. 最中　　　　4. ので

③ 1. なくて　　　2. ず　　　　　3. ないで　　　4. さえ

④ 1. こと　　　　2. くせに　　　3. せいで　　　4. ゆえ

⑤ 1. になり　　　　　　　　　　2. に決め
　 3. だから　　　　　　　　　　4. しかありませんでした

41 〜だけ
盡情地〜，儘可能地〜

◆ 文法解釋

表示在某範圍之內的程度。

◆ 常見句型

❶ 動詞（可能形）＋だけ

　　表示在某個範圍內最大程度的做某事。常以「A だけ B」的形式出現，前項動詞 A 為可能形時，表示以最大限度做後項 B；前項為動詞「A たいだけ」時，表示在達到認為足夠程度為止做後項 B 的行為。

❷ イ形容詞＋だけ

　　イ形容詞版本。通常會以「イ形容詞いだけ」形式使用。

❸ ナ形容詞な＋だけ

　　イ形容詞版本。通常會以「ナ形容詞なだけ」形式使用。

◆ 短句跟讀練習

❶ 動詞（可能形）＋だけ

かれ ぎんこう かね か かぶ か
彼は銀行からお金を借りられるだけ借りて株を買った。
他從銀行盡可能地最大限度貸款買了股票。

かな な な
悲しいとき、泣きたいだけ泣いたら、すっきりしますよ。
難過的時候，想哭就盡情地哭的話，心情會舒暢很多唷。

❷ イ形容詞+だけ

ここにある本はほしいだけ取ってください。

在這裡的書想要就請盡情拿去吧。

❸ ナ形容詞+だけ

もし、好きなだけ使えるなら、お金と時間どっちが欲しい？

如果能盡情使用的話，金錢和時間你想要哪個？

◆ 進階跟讀挑戰

忙しい仕事が一段落したので、自分へのご褒美にスイーツ食べ放題のお店に行った。ケーキ、エクレア、パフェなど、好きな物を好きなだけ食べて、日頃の疲れを癒した。甘いものに囲まれて過ごす時間は、最高のリラクゼーションだ。次の仕事に向けて、元気と活力を取り戻せた一日だった。

　　因為忙碌的工作告了一段落，作為給自己的獎勵我去了甜點吃到飽的店。蛋糕、閃電泡芙、百匯等，喜歡的東西想吃就盡情地吃，舒緩了我日常的疲憊。被甜點圍繞所度過的時間是最棒的休閒放鬆。這是讓我重新找回了面對接下來工作的精神與活力的一天。

42 たとえ〜ても
即使〜也

◆ 文法解釋

表示假使前項狀況成立,也不影響後項的事。

◆ 常見句型

❶ たとえ+動詞(て形)+も

表示假使前項狀況成立,也不影響後項的內容,需注意各類動詞要變化成「て形」。

❷ たとえ+イ形容詞くて+も

イ形容詞版本,接續「くて」。

❸ たとえ+ナ形容詞で+も

ナ形容詞版本,接續「で」而不是「て」。

❹ たとえ+名詞で+も／であって+も

名詞版本,接續「で」或「であって」。

◆ 短句跟讀練習

❶ たとえ+動詞(て形)+も

たとえ親に反対されても、夢を追いかけていきたい。
即使被父母反對,也想追逐夢想。

❷ たとえ＋イ形容詞くて＋も

たとえ相手の顔は好みでも、性格が悪いなら付き合いたくない。

即使對方長相是自己的理想型，但性格惡劣的話也不想交往。

❸ たとえ＋ナ形容詞で＋も

たとえ給料が安くても、やり甲斐がある仕事をします。

即使薪水很低，也要從事有意義的工作。

❹ たとえ＋名詞で＋も／であって＋も

たとえお金持ちでも、必ずしも幸せだとは限りません。

即使是有錢人，也不一定就肯定幸福。

◆ 進階跟讀挑戰

　たとえ生活が苦しくても、自分の夢を追い続けたいです。収入が不安定な仕事ですが、自分のやりたいことをすることが一番の喜びです。仕事に情熱があれば、困難な状況にも立ち向かえます。将来の成功を信じて、今は我慢して努力を続けます。夢を叶えるために、どんな苦労も乗り越える覚悟を持っています。

　即便生活很困苦，我也想繼續追逐夢想。雖然是收入不穩定的工作，但做著自己想做的事比任何事都讓人開心。只要對工作擁有熱情的話，困難的情況也能面對。我相信將來會成功，所以現在要堅忍地持續努力。為了實現夢想，我有不論如何艱辛都能克服的覺悟。

43 〜たところ
〜的結果

◆ 文法解釋

表示做某事之後，發生未預想或期待的結果。

◆ 常見句型

- **動詞（た形）＋ところ**

　　表示做了某事之後，發生預料以外或期待以外的結果。「A たところ B」表示做了行為 A 後，發生後項 B 的結果，該結果非行為時所預想或期待的事。另外，需注意後項 B 多為帶有驚訝、意外或以行為 A 為契機的新發現，故不使用帶有說話者意志的內容。

◆ 短句跟讀練習

- **動詞（た形）＋ところ**

新しいカフェに行ったところ、すごく美味しいケーキがあった。
去了新的咖啡店，發現有超好吃的蛋糕。

弁当を買いに行ったところ、お店は休みだった。
我去買便當，結果沒開。

十年ぶりの友達に招待状を送ったところ、引っ越ししたそうだ。

給十年未見的朋友寄了邀請卡，結果發現好像搬家了。

初めて手作りのヨーグルトを作ってみたところ、意外と簡単でした。

試著第一次做手工優格，沒想到意外的簡單。

◆ 進階跟讀挑戰

友人に勧められて、初めて納豆を食べてみた。心配しながら食べてみたところ、その独特な匂いに驚いたが、味は意外に美味しかった。特に、ネバネバした食感が新鮮で、健康にも良いと聞いて毎朝の習慣にしようと思った。最初は抵抗があったが、慣れると病みつきになる味だと感じた。

在朋友推薦下，第一次嘗試吃了納豆。帶著擔心的心情吃了之後，雖然被那獨特的氣味嚇到，但味道卻意外的美味。特別是帶有黏稠的口感很新奇，而且聽說對健康有益，所以我決定讓它成為每天早上的習慣。雖然剛開始會有牴觸，但習慣了的話是會讓人感到上癮的味道。

44 〜たまえ
請〜

◆ 文法解釋

表示請求。男性用語，大多是對身分地位比自己低的人使用。帶有輕微的命令語氣。

◆ 常見句型

- 動詞（ます形去ます）＋たまえ

  用於說話者提出某種請求，請對方做某事。

◆ 短句跟讀練習

- 動詞（ます形去ます）＋たまえ

  プロジェクトの進め方は、君の好きなようにしたまえ。
  專案的推進方法，就隨你喜歡的去做吧。

  この資料を見たまえ。
  請看這份資料。

  次のステップに進みたまえ。
  請進行下一個階段。

  急ぎの用事があるので、すぐに行きたまえ。
  因為有緊急的事情，請立刻過去。

◆ 進階跟讀挑戰

　サルトルの名言「君は自由だ。選びたまえ。つまり創りたまえ」を聞いて、自分の未来について深く考えさせられました。この言葉は、人生の選択肢が無限にあり、自分自身で道を切り開くことの大切さを教えてくれます。自由には責任が伴うことを理解し、自分の行動に対して責任を取ることを決意した。

　聽了沙特的名言「你是自由的，自己選擇吧。也就是說，去創造出路」，讓我對自己的未來有了深入的思考。這句話告訴我，人生的選擇存在無限可能，由自己開闢道路的重要性。我理解自由伴隨著責任，並決心對自己的行為負責。

45 ～だらけ
淨是～，全是～

◆ 文法解釋

表示到處都是的樣子，主要用於說話者給予負面評價。

◆ 常見句型

- 名詞＋だらけ

  用以表示某物品太多的狀態，而某物通常會是給人負面印象的東西。「だらけ」前接續非負面印象的名詞時，則表示說話者感到此物數量太多，而有負面感想。

◆ 短句跟讀練習

- 名詞＋だらけ

  会社に行く途中で、交通事故の現場に血だらけの人が倒れていたのを目撃しました。
  在上班途中，目擊了在交通事故現場倒著滿身是血的人。

  彼らは雨の中で濡れて泥だらけになりながら、サッカーを練習している。
  雖然他們在雨中全身濕透、沾滿泥濘，但仍在練習足球。

  このレポートは間違いだらけなので、作り直しました。
  因為這份報告充滿錯誤，所以重新寫了一份。

弟の部屋はプラモデルだらけだよ。
弟弟的房間到處都是模型玩具。

◆ 進階跟讀挑戰

雨の日、軒下で震えている傷だらけの猫を見かけた。まるで捨てられたかのようにずぶ濡れで、冷え切って、力なく鳴いていた。そのまま見過ごすことができず、家に連れて帰り、タオルで優しく拭いて温めた。猫は次第に私に心を許し、安心した表情を見せるようになった。

在下雨天，我看到了在屋簷下發著抖渾身是傷的貓咪。彷彿是被丟棄般全身溼透，渾身冰冷，無力地叫喚著。我沒辦法就那樣忽略它，所以帶它回家，用毛巾輕柔地擦乾並溫暖了它。貓咪漸漸地對我放下戒備，開始露出安心了的表情。

46 〜だろう
是〜對吧

◆ 文法解釋

表示推測或表示確認某事，委婉地表達說話者的想法。是「でしょう」的普通體。

◆ 常見句型

❶ 動詞（普通形）＋だろう

表示推測。「だろう」前項為說話者對不確定事物的推測內容。除表示推測以外，也可用於表示對傾聽者強烈徵求同意或確認內容時，此時「だろう」的語調會上揚。

❷ イ形容詞＋だろう

イ形容詞版本。

❸ ナ形容詞＋だろう

ナ形容詞版本，但形容詞就算是現在肯定形，也不用加「だ」，不會有重複兩個「だ」的情況。

❹ 名詞＋だろう

名詞版本。

◆ 短句跟讀練習

❶ 動詞（普通形）＋だろう

空が曇っていて暗いから、もうすぐ雨が降るだろう。

因為天空烏雲密布且昏暗，應該很快要下雨了吧。

❷ イ形容詞＋だろう

新作のブレンドジュース、どうだった？美味しかっただろう？

最新款的特製果汁你覺得怎麼樣？好喝對吧？

❸ ナ形容詞＋だろう

山に住むのは電車もコンビニもスーパーも遠いので、きっと不便だろう。

住在山裡因為離電車、超商、超市都很遠，肯定很不方便吧。

❹ 名詞＋だろう

多分、明日は曇りのち晴れだろう。

我想明天大概是晴時多雲的天氣吧。

◆ 進階跟讀挑戰

　　SNSで、ある俳優が話題になっていた。彼は現在、日本でも韓国でも活躍しており、多くのフォロワーを持つ。多分、日本でも韓国でも有名だろう。

　　那名演員成為了在社群網路上的話題人物。他目前在日本和韓國都很活躍，擁有許多的追蹤數。我想，大概在日本和韓國都很有名吧。

47 〜ために
因為〜

◆ 文法解釋

表示原因、理由。比「ので」、「から」更正式，多見於各種文章。後項句子不能用於表示判斷、命令、依賴、意志等表現。注意「に」可省略。

◆ 常見句型

❶ 動詞（普通形）＋ために

表示原因、理由。以「A ために B」的形式，因為前項 A 的原因、理由，而有後項 B 的結果。

❷ イ形容詞＋ために

イ形容詞版本。

❸ ナ形容詞な＋ために

ナ形容詞版本。現在肯定形時，會是「ナ形容詞なために」。

❹ 名詞の＋ために

需要在名詞之後加上「の」。

◆ 短句跟讀練習

❶ 動詞（普通形）＋ために

事故で道が5キロの渋滞したため、遅れるかもしれない。
因為交通事故造成 5 公里的交通堵塞，可能會遲到。

❷ イ形容詞 + ために

高齢者や幼児は日常生活でも熱中症を起こしやすいため、水分補給に注意が必要です。

因為老年人與幼兒在日常生活中也容易發生中暑，所以要注意水分的補給。

❸ ナ形容詞な + ために

この辺りは駅に近くて、便利なために、新築マンションが増加している。

這一帶因為距離車站近，很方便，所以新建的公寓正在增加。

❹ 名詞の + ために

ただいま工事中のため、この先は通行できない。

因為現在正在施工中，前方無法通行。

◆ 進階跟讀挑戰

　システム障害のため、会社のウェブサイトが一時的にアクセスできなくなりました。顧客からの問い合わせが相次ぎ、カスタマーサポートは対応に追われています。技術チームが原因を特定し、復旧作業を急いでいます。障害が発生した理由は、サーバーの過負荷によるものでした。今回のトラブルを教訓に、今後は予防策を講じて再発防止に努める予定です。

　因為系統故障，造成公司的網頁短暫地無法存取。來自顧客的諮詢接連不斷，所以客服忙著回應。技術團隊找出原因後正加速恢復作業。故障發生的原因是伺服器超過負荷所導致的。以這次事故為教訓，今後將採取預防措施，努力防止再次發生。

48 ～とたん
一～就～，剎那～

◆ 文法解釋

表示前面的動作和變化發生後，立刻發生後面的動作和變化，且是非預期的意外結果。後面句子不能接續表示說話者意志的動作或未來預定的動作。

◆ 常見句型

- 動詞（た形）＋とたん

接續動詞的「た形」，也就是過去式，表示前面的動作和變化發生後，馬上發生了後面的事情。

◆ 短句跟讀練習

- 動詞（た形）＋とたん

薬を飲んだとたん吐いてしまった。
剛吃了藥就瞬間吐出來了。

車が走り始めたとたん、犬が飛び出してきた。
車子剛起步，一隻狗就衝出來。

彼氏が浮気したことを聞いたとたん、長谷川さんは泣きました。
一聽到男友出軌的事情，長谷川小姐就哭了。

韓国の人気アイドルが空港に到着した
とたん、待っていたファンが大きく叫びました。

韓國的人氣偶像一抵達機場，守候著的粉絲就大聲尖叫。

◆ 進階跟讀挑戰

飛行機が離陸したとたん、子供たちは興奮して窓の外を眺め始めました。初めての空の旅にワクワクし、雲の上を飛ぶ景色に感動していました。空港から目的地までのフライトはスムーズで、子供たちも楽しんでいました。目的地に到着すると、すぐに観光地巡りを始めました。家族全員が旅行を満喫し、素晴らしい思い出がたくさんできました。この旅行は、子供たちにとっても特別な経験となりました。

當飛機起飛瞬間，孩子們興奮的開始眺望窗外。我對於初次的空中之旅感到心情雀躍不已，並對雲層上飛掠而過的景色感到感動。從機場到目的地的航班很平順，孩子們也樂在其中。一抵達目的地，我們就開始遊覽觀光景點。家人們都充分享受旅行，創造了許多美好的回憶。這場旅行對孩子們而言，也成為了一件特別的經驗。

49 ～といけないから
為避免～，如果～就不好了

◆ 文法解釋

表示為了避免不好的事情發生。

◆ 常見句型

- 動詞（辭書形）＋といけないから

  為了避免說話者認為有可能發生的不好事態，而進行的措施。

◆ 短句跟讀練習

- 動詞（辭書形）＋といけないから

  運転中に眠くなるといけないから、運転する前にコーヒーを飲む。
  為了避免開車途中睡著，開車前先喝杯咖啡。

  目が悪くなるといけないから、寝る前に暗い部屋でスマートフォンを使うのはやめた方がいいです。
  為避免視力受損，最好不要在睡前黑暗中的房間內使用智慧型手機。

  風邪をひくといけないから、シャワーを浴びたら早く髪を乾かしなさい。
  要是感冒就不好了，沐浴後趕快吹乾頭髮吧。

怪我になるといけないから、正しいフォームでトレニーグするように、トレーナーの指導を受けましょう。

要是受傷就不好了，接受教練的指導以正確姿勢進行訓練吧。

◆ 進階跟讀挑戰

夜遅くにお菓子を食べる癖になるといけないから、夕食後は何も食べないようにしています。健康的な生活を維持するために、夜遅くの間食は避けるべきだと考えています。特に甘いものはカロリーが高く、肥満の原因になります。夕食後はハーブティーを飲むことで、食欲を抑えています。この習慣を続けることで、体重管理と健康維持に役立っています。

　　為了不養成深夜吃點心的習慣，晚飯後我一直盡量什麼都不吃。為了維持健康的生活，我認為應該避免深夜吃零嘴。尤其是甜的東西熱量很高，是造成肥胖的原因。晚飯後我靠著飲用花草茶來抑制食慾。透過將這個習慣持之以恆，有助於體重管理和健康維持。

50 〜途中で ／ 途中に

在〜途中

◆ 文法解釋

表示動作或某件事從開始到結束之間。「途中で」強調該期間內發生了後續的事情此事，而「途中に」更強調發生後續的事情的時候是該期間。

◆ 常見句型

❶ 動詞（辭書形／ている形）＋途中で／途中に

表示動作尚未完了，進行到一半時，又發生其他事件，或表示在移動的場所中，存在某事物。

❷ 名詞の ＋途中で／途中に

名詞版本，前面的名詞多為表示動作的名詞。

◆ 短句跟讀練習

❶ 動詞（辭書形／ている形）＋途中で／途中に

レポートを書いている途中で、パソコンがフリーズして、データが消えてしまった。

寫報告的過程中，因為電腦當機資料都消失了。

家に帰る途中に、ドラッグストアに立ち寄った。

回家的路上，順路去了藥妝店。

❷ 名詞の＋途中で／途中に

会議の途中で電話がかかってきた。

會議進行到一半時，有電話打來。

通勤の途中に有名なレストランがあります。

在上班的路上，有一家有名的餐廳。

◆ 進階跟讀挑戰

　　引越しの準備をしている途中で、昔の写真アルバムを見つけました。懐かしい思い出が蘇り、つい手を止めてアルバムを見てしまいました。友人との写真や家族旅行の写真を見ているうちに、時間が経つのを忘れてしまいました。その後、引越しの作業に戻り、荷物の整理を続けました。懐かしい思い出を振り返りながらの引越しは、つまらない作業が少し楽しい時間になりました。

　　搬家的準備工作進行到一半時，發現了舊相簿。讓我回想起令人懷念的回憶，而忍不住停下手邊工作翻看起照片了。當我看著與朋友的照片和家人度假時的照片時，不知不覺間忘記了時間的流逝。之後，我重新開始搬家作業，繼續整理行李。一邊回顧令人懷念的回憶的搬家作業，讓這枯燥的工作變得多了幾分樂趣。

随堂考⑤

❶ 請選擇最適合填入空格的文法

1. ドアを開け（＿＿＿）、スズメが部屋に飛び込んできた。
   1. たとたん　　2. とき　　3. あいだ　　4. とたん

2. たとえ忙しく（＿＿＿）、友人の結婚式に出席する。
   1. ので　　2. も　　3. ても　　4. でも

3. 試食コーナーで新製品を食べてみ（＿＿＿）、とても気に入ったので購入しました。
   1. だところ　　2. ても　　3. で　　4. たところ

4. たぶんこの雨は帰るころにはやむ（＿＿＿）。
   1. だ　　2. んだ　　3. だろう　　4. よう

5. 台風の（＿＿＿）、電車が一時停止します。復旧には時間がかかるようです。
   1. ため　　2. ことに　　3. よう　　4. とき

6. バイキングで食べられる（＿＿＿）食べてください。
   1. だけ　　2. を　　3. のに　　4. こそ

7. 忘れる（＿＿＿）、メモしておこう。
   1. といい　　　　　2. といけないから
   3. と悪い　　　　　4. といける

8. 久しぶりに実家に帰ったら、部屋はほこり（＿＿＿）で驚いた。
   1. だけ　　　2. ばかり　　　3. だらけ　　　4. 多い

❷ 請選擇最適合填入空格的文法

新しいビジネスを立ち上げることにしました。やれる①（＿＿＿）のことをやって、成功を目指します。②（＿＿＿）初期の段階で失敗し③（＿＿＿）、学び続けることが大切です。準備を進めていると、多くのサポートを得ることができました。資料で溢れていたオフィスを整理し、効率的な環境を整えました。ビジネスが成功する④（＿＿＿）という希望を持っています。そして、成功のために、徹底した市場調査を行いました。⑤（＿＿＿）予期しない問題が発生するかもしれませんが、冷静に対処するつもりです。やれるだけのことをやり、最善の結果を目指します。ビジネスが軌道に乗った後、さらに発展させるための計画も立てています。

① 1. だけ　　　2. たけ　　　3. もの　　　4. と

② 1. だから　　2. ずっと　　3. いつも　　4. たとえ

③ 1. ても　　　2. でも　　　3. て　　　　4. も

④ 1. こと　　　2. ため　　　3. ように　　4. だろう

⑤ 1. 途中で　　2. 途中の　　3. だから　　4. 中途

51 〜つまり
也就是〜，即〜／總而言之〜

◆ 文法解釋

　　此句型有兩種意思，一是表示相同意思的內容換句話說，後面常會接續「〜ということだ」。二是表示結論，用於省略說明的經過，而得出最後結論。兩個意思的用法在文法上差距不大，要看整個句子意思來判斷。

◆ 常見句型

❶ 名詞／句子＋つまり＋句子

　　為了更加簡潔的傳達前面句子的內容，後面句子以別的表現方式換句話說的句型。通常後面的句子會以更加具體且淺顯易懂的內容來表達。

❷ 句子＋つまり＋句子

　　將前面句子所要表達內容的核心做歸納總結，表明之前談話中想要傳達的重點給聽話者。

◆ 短句跟讀練習

❶ 名詞／句子＋つまり＋句子

「ベジタリアン」、つまり肉や魚などの動物性食品を摂らない人たちということだ。

素食主義者，意即不攝取肉類、魚類等動物性食品的人群。

「ビットコイン」、つまり仮想通貨(かそうつうか)の一種(いっしゅ)で、ブロックチェーン技術(ぎじゅつ)を基盤(きばん)としたデジタル通貨(つうか)のことだ。

比特幣，意即虛擬貨幣的一種，以區塊鏈技術為底層技術的數位貨幣。

❷ 句子 + つまり + 句子

この料理(りょうり)はフランスの伝統的(でんとうてき)な方法(ほうほう)で作(つく)られている。つまり、本場(ほんば)の味(あじ)を楽(たの)しめるということだ。

這道料理是用法國傳統的方法製作而成的。也就是說，可以享受正統的味道。

彼女(かのじょ)は日本語(にほんご)、英語(えいご)、スペイン語(ご)を話(はな)せる。つまり、トリリンガルだ。国際的(こくさいてき)な仕事(しごと)に適(てき)している。

她會説日文、英文、西班牙文。也就是説她是名三語人才。適合國際性工作。

✦ 進階跟讀挑戰

AI技術(ぎじゅつ)の進化(しんか)は急速(きゅうそく)です。つまり、日常生活(にちじょうせいかつ)の多(おお)くの分野(ぶんや)でAIが活用(かつよう)されるようになっているということです。例(たと)えば、自動運転車(じどううんてんしゃ)や音声認識(おんせいにんしき)アシスタント、画像認識(がぞうにんしき)によるセキュリティシステムなどがその一例(いちれい)です。これにより、生活(せいかつ)が便利(べんり)になり、効率(こうりつ)が向上(こうじょう)しています。

　　AI 技術的進步極快。也就是說，AI 正被應用在日常生活中的許多領域。例如，自動汽車或語音辨識助理、根據人臉辨識的安全性系統等即為一例。因此，生活變得便利，效率也在提高。

52 〜っけ
〜嗎？，是不是〜

◆ 文法解釋

用於自己的記憶或情報模糊時表示確認，是一種比較隨和的口語形式。另外，也可用於自我確認時的自言自語。

◆ 常見句型

❶ 動詞（た形）＋っけ

用於向對方確認自己記憶模糊不確定的情報或忘記的事，又或是用於自我回想自己的記憶，自言自語的自我確認之時。需注意各類動詞的過去式（た形）變化。

❷ イ形容詞（た形）＋っけ

イ形容詞版本，一樣需要改成過去式（た形）。

❸ ナ形容詞だ（った）＋っけ

ナ形容詞版本，結尾要加上「だ」。當用於確認過去的情報時，也可以說「ナ形容詞だったっけ」。

❹ 名詞だ（った）＋っけ

名詞版本，結尾要加上「だ」。當用於確認過去的情報時，也可以說「名詞だったっけ」。

◆ 短句跟讀練習

❶ 動詞（た形）＋っけ

この店は前に一緒に来たことあったっけ？
這家店之前我們曾一起來過嗎？

❷ イ形容詞（た形）＋っけ

えっ、これはこんなに高かったっけ。また、値上げしたか。　咦！這個之前有這麼貴嗎？又漲價了啊！

❸ ナ形容詞だ（った）＋っけ

君、前はピーマンが嫌いだったっけ。もう好きになったのかな。　你之前不喜歡青椒對吧？現在喜歡了嗎？

❹ 名詞だ（った）＋っけ

先週、飲み会で会った眼鏡をかけている男の子の名前は何だっけ。　上週聚餐時見到的帶著眼鏡的男孩叫什麼名字來著？

◆ 進階跟讀挑戰

　スーパーで買い物をしていると、店内を歩き回るうちに、突然「あれ？何を買いに来たんだっけ？」と思い出せなくなった。メモを忘れてしまったので、頭の中でリストを思い出そうとした。

　在超市購物時，在店內逛著逛著，突然間，「咦？我是來買什麼的？」想不起來了。因為忘了帶紙條，所以試著回想了腦中的清單。

53 〜つもりだ
認為是〜，覺得是〜

◆ 文法解釋

主語為第一人稱時，表示自己這樣覺得、這樣認為。主語為第二人稱或第三人稱時，表示該人所認為的事情與事實不符或與周圍人評價不符。

◆ 常見句型

❶ 動詞（た形／ている形）＋つもりだ

表示說話者自己這樣想、這樣認為，無關是否與事實相符或他人想法。以「Aつもり」的形式，前項A為說話者認為的狀態。

❷ イ形容詞＋つもりだ

イ形容詞版本，常用以表示前項內容為說話者認為的狀態，但實際上並非如此。

❸ ナ形容詞な＋つもりだ

イ形容詞版本，會呈現「なつもりだ」。

❹ 名詞の＋つもりだ

名詞版本，需要在名詞之後加上「の」。

◆ 短句跟讀練習

❶ 動詞（た形／ている形）＋つもりだ
返事をしたつもりだったが、実際には下書きに保存されていただけだった。　還以為我已經回覆了，但其實只是儲存了草稿。

❷ イ形容詞い＋つもりだ
私は優しいつもりだったが、彼女には冷たく感じられていたようです。　我以為我很友善，但原來好像讓她感到冷漠的樣子。

❸ ナ形容詞な＋つもりだ
日本語は得意なつもりだったが、ビジネスの場では専門用語が多くて理解できなかった。
以為我日文很好，但其實商務工作上的專業術語有很多我都仍未瞭解。

❹ 名詞の＋つもりだ
私は彼にとって親友のつもりだったが、彼にはそう思われていなかったようです。
我以為對他來說我是他的摯友，但似乎他並不這麼認為。

◆ 進階跟讀挑戰

　60歳になっても、まだ若いつもりで、新しい言語の勉強を始めました。若い頃に夢見た海外旅行をもっと楽しむために、現地の言葉を学ぶことにしました。

　即使60歲了，我認為自己還是很年輕，所以開始學習新的語言。為了更加享受年輕時候夢想著的海外旅遊，我決定要學習當地的語言。

54 ～てからでないと
不先～就不能～

◆ 文法解釋

表示某件事的實行，必須先具備某條件。後面句子常接續否定。

◆ 常見句型

- **動詞（て形）＋からでないと**

    表示如果前項動作未實現的話，就不能進行後項的內容，或可能會發生不好的事情。

◆ 短句跟讀練習

- **動詞（て形）＋からでないと**

    アパートでペットを飼うには、大家さんに許可をもらってからでないといけない。
    要在公寓裡養寵物這件事，如果不先得到房東同意就不能養。

    契約の内容を確認してからでないと、サインできないのは当然でしょう。
    如果沒有先確認契約的內容，當然不能簽名吧。

    原因を究明してからでないと、対策を立てることはできません。
    如果不先查明原因，就無法訂立對策。

よく準備してからでないと、プレゼンテーションを成功させるのは難しい。

不先做充分準備的話，就很難做出成功的簡報。

◆ 進階跟讀挑戰

患者の治療計画を立てるには、信頼関係が築けてからでないと難しいです。患者が医師を信頼し、安心して治療を受けられることが重要です。医師は患者の話をよく聞き、疑問や不安を解消することに努めます。信頼関係が築かれると、患者は積極的に治療に参加し、回復も早くなります。医療現場では信頼が何よりも大切です。

要制定病患的治療計畫，必須先建立信賴關係，否則會很困難。病患信任醫師，能夠安心地接受治療是很重要的。醫生仔細傾聽患者的聲音，並努力消除病患的疑問和不安。信賴關係一旦建立，病患會積極地參與治療，也能更快康復。在醫療現場，信賴比什麼都要重要。

55 ～てしかたがない／～てしょうがない

非常～，～得不得了

◆ 文法解釋

表示對於某種情緒或感覺，已到了無法自我控制的程度。

◆ 常見句型

❶ 動詞（て形）＋しかたがない／～てしょうがない

接續在表示心理或身體某種狀態的詞語後，強調對於某種情緒、感覺、慾望已達到無法控制的程度。另外，對於表示想要從事某種行為時，多以「～たい」做接續。

❷ イ形容詞くて＋しかたがない／～てしょうがない

イ形容詞版本，需注意要變化成「て形」。

❸ ナ形容詞で＋しかたがない／～でしょうがない

ナ形容詞版本，需注意其後的字要加的是「で」。

◆ 短句跟讀練習

❶ 動詞（て形）＋しかたがない／～てしょうがない

ダイエット中なのに、フライドチキンが食べたくてしかたがない。

明明正在減肥，卻想吃炸雞想得不得了。

多分
たぶん
、重
おも
い荷物
にもつ
を運
はこ
んだから、昨日
きのう
から
腰
こし
が痛
いた
くてしかたがない。

大概是因為搬重物，我的腰部從昨天開始就非常的痛。

❷ イ形容詞くて＋しかたがない ／ 〜てしょうがない

アメリカに留学
りゅうがく
している彼氏
かれし
と遠距離恋愛
えんきょりれんあい
を始
はじ
めたので、
寂
さび
しくてしょうがない。

因為和去美國留學的男朋友開始遠距離戀愛，而覺得寂寞得不得了。

❸ ナ形容詞で＋しかたがない ／ 〜でしょうがない

今
いま
でも残念
ざんねん
でしょうがない。

事到如今，仍覺得非常遺憾。

◆ 進階跟讀挑戰

来月
らいげつ
の音楽
おんがく
フェスティバルが楽
たの
しみでしかたがない。大好
だいす
きなバンドが出演
しゅつえん
するので、友達
ともだち
と一緒
いっしょ
にチケットを買
か
いました。フェスティバルの雰囲気
ふんいき
やライブパフォーマンスを全身
ぜんしん
で楽
たの
しむことができると思
おも
うとワクワクします。特
とく
にお気
き
に入
い
りの曲
きょく
を生
なま
で聴
き
けるのが楽
たの
しみです。フェスティバルの日
ひ
が近
ちか
づくにつれて、期待
きたい
が高
たか
まってきます。

下個月的音樂祭，我期待到不行。因為我超喜歡的樂團會出場表演，所以和朋友一起買了門票。一想到能夠全身心地享受音樂祭的氛圍和現場表演我就感到興奮期待。我特別期待能現場聽到喜歡的歌曲。隨著音樂祭日期的臨近，期待就越高。

56 〜て済(す)む
〜就解決了

◆ 文法解釋

表示用前項程度的事物或動作就足夠或就能解決問題。

◆ 常見句型

❶ 動詞（て形）+ 済(す)む

表示用前項程度的事物或動作，就足夠或能夠解決某事，不會陷入更糟糕的境地。

❷ イ形容詞くて + 済(す)む

イ形容詞版本，注意要變化成「て形」。

❸ 名詞で + 済(す)む

名詞版本，注意名詞要接續「で」。

◆ 短句跟讀練習

❶ 動詞（て形）+ 済(す)む

人(ひと)を殴(なぐ)ったら謝(あやま)って済(す)むと思(おも)わないよ。
我不以為打了人道歉就能解決唷。

スマートウォッチで支払(しはら)いができるので、財布(さいふ)を持(も)ち歩(ある)かなくて済(す)む。
由於可以用智慧手錶付款，所以不需要隨身攜帶錢包。

❷ イ形容詞くて + 済む

事前に対策を立てたので、起こったトラブルが軽くて済んだ。

由於在事前制定了對策，引發的麻煩得以簡單解決。

❸ 名詞で + 済む

ゆっくり食べる時間がなかったので、昼ごはんはパンで済ませます。

因為沒有悠閒吃的時間，午餐就用麵包解決了。

◆ 進階跟讀挑戰

　　会社勤めを辞めて、自営業を始めた。その結果、毎日のストレスが大幅に減り、人間関係に悩まなくて済むようになった。自分のペースで仕事ができるし、取引先も自分で選べる。もちろん責任も大きいが、その分やりがいも感じている。人間関係のストレスがなくなったことで、仕事に対する情熱が再燃した。

　　我辭掉了公司的工作，開始了個人經營事業。結果，每天的壓力大幅地減少，不需要再為人際關係煩惱了。可以按自己的步調工作，交易對象也可以自己選擇。當然責任也很重大，但也能感受到與之相對的工作價值。由於人際關係的壓力消失了，而再次燃起了對工作的熱情。

57 ～てたまらない
非常～，極為～，難以忍受～

◆ 文法解釋

表示說話者難以忍耐的樣子。用以強調對某事已無法忍受的情緒、感覺。「てたまらない」用於第一人稱，用於描述他人的樣子時，後面需接續「ようだ」、「そうだ」、「らしい」等推測語氣。

◆ 常見句型

① 動詞（て形）＋たまらない

以「Ａたまらない」的形式，表示前項Ａ的某種情緒、感覺非常強烈。

② イ形容詞くて＋たまらない

イ形容詞版本。

③ ナ形容詞で＋たまらない

ナ形容詞版本，注意接續的是「で」，不是「て」。

◆ 短句跟讀練習

① 動詞（て形）＋たまらない

彼女に会いたくてたまらない。毎日彼女のことばかり考えている。

我非常想見到女友。每天滿腦子都是她。

❷ イ形容詞くて＋たまらない

ノルウェーは寒くてたまらない。特に冬の間は氷点下の日が続き、外に出るのも辛いくらいです。

挪威冷得受不了。特別是冬天期間連續數日零度以下，連外出都感到痛苦的程度。

❸ ナ形容詞で＋たまらない

彼女のことが大切でたまらない。彼女の笑顔や存在が私にとってかけがえのないものだ。

我非常珍視她。她的笑容和存在對我而言是無可取代的事物。

◆ 進階跟讀挑戰

遠距離恋愛中の彼氏に会いたくてたまらない気持ちが日に日に強くなる。毎日電話やメッセージで連絡を取り合っているけれど、やっぱり直接会いたい気持ちは消えない。来月の彼の誕生日をお祝いするために、特別なプレゼントを用意して会いに行くと決めた。再会の瞬間を夢見て、彼の笑顔や声を直接感じることができる日が待ち遠しい。

　　我非常想跟遠距離戀愛中的男友見面的心情日益增加。雖然彼此每天靠電話或訊息聯繫，但果然想直接見面的心情不會消失。為了慶祝他下個月的生日，我決定準備特別的禮物去見他。我夢想著與他再次相見的瞬間，我急切地盼望能親自感受到他的笑容和聲音的日子。

58 〜てはじめて
在〜之後才〜

◆ 文法解釋

表示以前未做過，在初次經歷過後才了解或注意到的事。後項句子多接續「分かる（了解）」、「知る（知道）」、「できる（能）」等動詞。

◆ 常見句型

- 動詞（て形）＋はじめて

  表示自從經歷過前項的事情後，才有後項句子對以往沒有注意到的事或沒有認真想過的事有新的認識。

◆ 短句跟讀練習

- 動詞（て形）＋はじめて

  親になってはじめて、子育ての大変さが分かった。
  自從當了父母之後，才明白養育子女的不容易。

  海外で生活してはじめて、台湾の便利さに気づきました。
  在國外生活過後才感到台灣生活的便利。

  今まで恋愛に興味がなかったが、彼に出会って初めて誰かを好きになる気持ちが分かった。
  一直以來我對戀愛都不感興趣，但在和他相遇後才讓我知道喜歡一個人的感覺。

山登りの魅力は体験してみて初めてわかるものだ。

登山的魅力是親自試著體驗後才能理解的。

◆ 進階跟讀挑戰

日本に来て初めて、寿司を本場で食べた。新鮮なネタが豊富で、口の中でとろける美味しさに驚いた。特に大トロやウニは絶品だった。地元の寿司職人の技を間近で見られるカウンター席での食事は、格別な体験だった。日本の食文化の奥深さを感じることができた一日だった。

　來到日本之後，才吃到了道地的壽司。新鮮的食材很豐富，而在嘴裡融化的美味令我感到驚嘆。尤其鮪魚大腹肉和海膽是極品。能在近距離觀看當地壽司職人技藝的吧檯座位用餐是格外特別的體驗。這是讓我能夠感受到日本飲食文化精深的一天。

59　～ても構(かま)わない
～也可以，即使～也沒關係

◆ 文法解釋

表示許可、容許。

◆ 常見句型

❶ 動詞（て形）＋も構(かま)わない

表示給予對方許可，或徵求對方許可。

❷ イ形容詞くて＋も構(かま)わない

表示讓步、妥協的意思，雖然不是最滿意的，但妥協一下，～就可以。

❸ ナ形容詞で／名詞で＋も構(かま)わない

ナ形容詞與名詞版本，注意接續的是「で」，不是「て」。

◆ 短句跟讀練習

❶ 動詞（て形）＋も構(かま)わない

食(た)べきれなかったら無理(むり)に食(た)べなくても構(かま)わないよ。
如果吃不完，就不要勉強吃。

ここ、空(あ)いていますか？隣(となり)に座(すわ)っても構(かま)いませんか？
這裡有人嗎？可以坐在你的隔壁座嗎？

❷ イ形容詞くて＋も構わない

新しい車は高くても構わないので、安全性能が優れているものを選びたい。

即便新車價格高也沒關係，我想選擇安全性能優異的款式。

❸ ナ形容詞で／名詞で＋も構わない

繁忙期だから、アルバイトの募集は未経験者でも構いません。

因為是旺季，打工的招募即使是無相關經驗者也沒關係。

◆ 進階跟讀挑戰

　美味しい料理があると聞いて、一人で遠くの町へ旅に出た。目的地は、自然豊かな山奥の小さな村にある評判の蕎麦屋だ。自家製のそば粉で丁寧に打った蕎麦は、まさに絶品で、その喉越しの良さが忘れられない。周囲の美しい山の景色を眺めながらの食事は、都会では決して味わえない贅沢なひとときだった。美味しいものに出会うためなら、遠くても構わないと強く感じた。

　聽說有美味的料理，我一個人踏上了前往遠方城鎮的旅行。目的地是位於大自然環境豐富的深山小村莊裡的有名蕎麥麵店。使用自家製作的蕎麥粉，精心揉製而成的蕎麥麵當真是絕品，那順滑的口感令人難以忘懷。邊欣賞周圍美麗的山景邊用餐，是在城市裡絕對無法體驗到的奢侈時刻。我強烈地感受到，若是為了與美食相遇，即使路途遙遠也無所謂。

60 ～てもしかたがない／～てもしょうがない

即使～也沒辦法，即使～也沒用

◆ 文法解釋

表示沒有意義，結果不會改變；或成為某種狀態是理所當然的，雖然遺憾或不滿的狀況，但不得不接受。日常口語較常使用「てもしょうがない」，而「てもしかたがない」較鄭重。

◆ 常見句型

❶ 動詞（て形）も＋しかたがない／～しょうがない

接續動作動詞，表示前項動作、行為即使做了也沒有意義。另外，若接續表示狀態的詞語，表示導致該狀態的情況是有其相應理由的，因而無能為力。

❷ イ形容詞くても＋しかたがない／～しょうがない

イ形容詞版本，一樣也要變化成「て形」，會呈現為「～くて」。

❸ ナ形容詞でも＋しかたがない／～しょうがない

ナ形容詞版本，注意接續的是「で」，不是「て」。

◆ 短句跟讀練習

❶ 動詞（て形）も＋しかたがない／～しょうがない

ミスをしたら、叱られても仕方がない。
犯錯的話，被罵也沒辦法。

将来のキャリアを考えて、このまま今の会社に居続けてもしょうがないと思い、会社を辞めました。
考慮到未來的職涯，我認為就這樣繼續待在現在的公司也沒有發展，所以辭職了。

❷ イ形容詞くても＋しかたがない／〜しょうがない

この辺は駅に近いから、マンションの値段が高くても仕方がない。　這附近離車站很近，所以即使公寓價高也只能接受。

❸ ナ形容詞でも＋しかたがない／〜しょうがない

彼に酷いことをしてしまったんだから、今彼の態度が冷淡でもしょうがない。

因為對他做了過分的事，現在他的態度冷淡也是沒辦法的事。

◆ 進階跟讀挑戰

　　他人と自分の生活スタイルを比べでも仕方がない。人それぞれの価値観があり、自分らしい生活を送ることが大切だからだ。他人の意見に惑わされず、自分の価値観を大切にし、どう過ごしたいかを見極めることで、満足感や幸せを感じることができる。他人の成功や生活を羨むのではなく、自分自身の人生を充実させるために、毎日を大切に過ごそう。

　　將別人和自己的生活模式相比是沒有意義的。每個人都有自己的價值觀，過著有自己風格的生活才是最重要的。不被他人的意見所迷惑，重視自己的價值觀，認清自己想要如何度過生活，這樣才能感受到滿足感和幸福感。不去羨慕別人的成功和生活，而是為了讓自己的人生更加充實，珍惜的過好每一天。

隨堂考⑥

❶ 請選擇最適合填入空格的文法

1. LCC、（ ）格安航空会社は、低価格の運賃を提供することで知られています
   1. つまり　　2. だから　　3. それで　　4. というと

2. アラームをセットした（ ）のに、鳴らなかった。
   1. つもりだった　　　2. よう
   3. つもり　　　　　　4. つまり

3. 野球試合が最後に逆転されてしまい、悔しく（ ）。
   1. てつまらない　　　2. てしかたがない
   3. てから　　　　　　4. てほしい

4. 先週の会議で眼鏡をかけていた人って誰だ（ ）？
   1. っけ　　2. か　　3. の　　4. ね

5. 友達に指摘され（ ）自分の誤りに気づいた。
   1. ではじめて　2. から　3. ていて　4. てはじめて

6. 今さら後悔し（ ）、今できることに集中しよう。
   1. てもしかたがないから　　2. でもしかたがないから
   3. てしかたがないから　　　4. でもいい

7. 宿題を終わらせ（＿＿＿＿）、ゲームできない。

　　1. てからでないと　　　　　2. たら
　　3. ると　　　　　　　　　　4. たびに

❷ 請選擇最適合填入空格的文法

　　友達におすすめされた新しいレストランに行きたいです。でも、そのレストランの名前をいつ聞いた①（＿＿＿＿）？友達が「美味しいからぜひ行ってみて」と言ったので、行くのが楽しみ②（＿＿＿＿）です。行く前にネットでメニューを確認しましたが、実物を見③（＿＿＿＿）注文できません。混んでい④（＿＿＿＿）ので、実際に行って⑤（＿＿＿＿）その店の良さがわかるでしょう。

① 1. っけ　　　2. たけ　　　3. げ　　　　　4. と

② 1. の　　　　　　　　　　　2. でしょう
　　3. でしょうがない　　　　　4. てしょうがない

③ 1. てからでないと　　　　　2. でも
　　3. て　　　　　　　　　　　4. でからでないと

④ 1. ていい　　　　　　　　　2. ても構わない
　　3. でいい　　　　　　　　　4. た

⑤ 1. 初めて　　2. 初め　　　3. 初めに　　　4. 初まて

61 ～ても始まらない
即使～也沒用，即使～也無濟於事

◆ 文法解釋

表示不管做什麼對於事態的進展沒有任何作用。

◆ 常見句型

- 動詞（て形）も ＋ 始まらない

　　表示前項的行為、動作對於事情的解決沒有任何幫助或意義。需注意各類動詞的「て形」變化。

◆ 短句跟讀練習

- 動詞（て形）も ＋ 始まらない

自分で考えても始まらないので、先輩の意見を聞いてみませんか。
因為自己怎麼想都無法解決，所以問問看前輩的意見吧。

過去のことを悩んでも始まらない。未来に目を向けよう
為過去的事情煩惱也沒有用。讓我們關注未來吧。

距離を縮めたいなら、待っていても始まらないから、自分から声をかけてみよう。
如果想拉近距離的話，只是等待是沒有結果的，所以自己主動試著打招呼吧。

今さら、誰かを責めても始まらないから、
解決策を考えよう。

事到如今責備人也於事無補，所以讓我們試著想想解決辦法吧。

◆ 進階跟讀挑戰

　未来に対する不安を感じ、落ち込むことがあるかもしれない。でも、明日は明日の風が吹く。明日のことをくよくよ心配しても始まらない。楽観的な考え方を持ち、未来に期待しよう。新しい環境は成長のチャンスだ。前を向いて、自分の可能性を信じ、勇気を持って進もう。挑戦を恐れずに前進することが大切だ。失敗は成長の一部であり、未来の成功につながる。だから、未来は明るいと信じて、今日を大切に生きよう。

　對未來感到不安，可能會讓人沮喪。但明天會如何沒人知道。為明天的事情悶悶不樂地擔心也是無濟於事的。讓我們保持樂觀的思考，對未來抱有期待吧。新的環境是成長的機會。向前看，相信自己的可能性，勇敢地前進吧。不畏懼挑戰地前進是很重要的。失敗是成長的一部分，將會促成未來的成功。所以，相信未來是不可限量的，把握當下過好每一天生活。

62 〜といえば
提到〜，說到〜

◆ 文法解釋

表示提到前項句子的內容就會聯想到後項句子的事物。多用於提起某個話題或轉換話題時。

◆ 常見句型

- **名詞＋といえば**

  以「名詞 A といえば名詞 B」方式使用，名詞 B 為提到名詞 A 就會聯想到的代表性事物。

◆ 短句跟讀練習

- **名詞＋といえば**

  バレンタインのプレゼントといえばチョコレートですが、近年（きんねん）ではクッキーやマカロンなど、他（ほか）のお菓子（かし）を贈（おく）ることもあります。

  提到情人節的禮物通常都是巧克力，但近年來也出現贈送餅乾或馬卡龍之類的其他種類點心。

  台湾料理（たいわんりょうり）といえば、やっぱりルーローハンだよね。安（やす）くて美味（おい）しい。

  說到台灣料理，果然就是滷肉飯了呀！既便宜又好吃！

築地といえば、何と言っても新鮮な魚介類が有名で、観光客にも人気の観光スポットです。

說到築地，當然就是以新鮮的海鮮最為知名，也是觀光客間的人氣觀光景點。

A：先月は彼氏と一緒に北海道に旅行をした。寒かったけど楽しかった。

A：上個月和男友一起去了北海道旅行，雖然寒冷但很有趣。

B：いいね。北海道といえば、スープカレーが美味しいね。

B：真不錯呢！說起北海道，湯咖哩很好吃呢！

◆ 進階跟讀挑戰

夏といえば、お祭りと花火だ。友人たちと一緒に地元のお祭りに行くのが楽しみだ。屋台で焼きそばやたこ焼きを買い、浴衣姿で花火を待つ。夜空に次々と打ち上げられる大輪の花火を見ながら、笑い声と歓声が絶えない。

提到夏天，就想到祭典和煙火。我期待著和朋友們一起去當地的祭典。在攤販買了炒麵和章魚燒，並穿著浴衣等待煙火。望著接連施放於夜空中的碩大煙火，笑聲和歡呼聲不絕於耳。

63 〜ということだ
A. 〜聽說，據說〜／B. 也就是〜

◆ A. 〜聽說，據說〜

✦ 文法解釋

表示傳聞，用於具體表示說話、知識、事情的內容。

✦ 常見句型

- 動詞／イ形容詞／ナ形容詞／名詞 ＋ ということだ

　各種詞性的用法、意義都不變，用於轉述別人說的話或從別處得到的情報，多用於正式場合，故經常使用於新聞或商業用語。為表示情報來源，經常與「によると」、「によれば」一起使用。

✦ 短句跟讀練習

- 動詞／イ形容詞／ナ形容詞／名詞 ＋ ということだ

　天気予報によると、前線の影響で来週から雨の日が続くということだ。　根據天氣預報，受到鋒面的影響，下周開始將持續陰雨天氣。

✦ 進階跟讀挑戰

　上司からの連絡によれば、来月から新しいシステムが導入されるということだ。そのため、今月中に全員が研修を受ける必要があるらしい。準備を進めておいた方が良さそうだ。

　據上司的通知，下個月將會導入新的系統。因此，本月內所有人都需要參加培訓。看來最好提前做好準備。

◆ B. 也就是～

◇ 文法解釋

表示說明・結論。

◇ 常見句型

- **動詞／イ形容詞／ナ形容詞／名詞＋ということだ**

    根據某種狀況或事實，而導出當然的結果或結論。經常與「つまり」、「要するに」一起使用。另外，口語講法為「ってことだ」。

◇ 短句跟讀練習

- **動詞／イ形容詞／ナ形容詞／名詞＋ということだ**

来月からアメリカに転勤することが決まった。つまり、しばらく会えない**ということですね**。

已經決定從下個月開始，我將調任美國工作。也就是說我們暫時無法見面。

◇ 進階跟讀挑戰

天気予報によると、旅行の日は強風と大雨**ということだ**。残念ながら、旅行を中止することにした。宿泊先や交通機関にキャンセルの連絡を入れ、別の日に再計画することにした。自然の力には逆らえないが、安全を優先することが大切だ。

根據天氣預報，旅行當天會有強風和豪雨。雖然很遺憾，只好決定中止旅行。我聯絡住宿地點和交通工具取消預定，並決定重新計畫別的日程。我們無法違抗大自然的力量，但以安全為先是很重要的。

64 〜というより
與其〜不如〜

◆ 文法解釋

表示對某事的表達或判斷加以比較，但比起前述內容，後項敘述比較適合。也可以使用「というよりは」、「というよりも」的形式，意思相同。

◆ 常見句型

❶ 動詞（普通形）＋というより

表示對於某事物的敘述，比起前述內容，後項敘述比較適合，但並非前項敘述完全不符合。經常與「むしろ」搭配使用，有更加強調的意思。

❷ イ形容詞＋というより

イ形容詞版本。

❸ ナ形容詞＋というより

ナ形容詞版本，ナ形容詞為現在肯定形時可加也可不加「だ」。

❹ 名詞＋というより

名詞版本，名詞為現在肯定形時可加也可不加「だ」。

◆ 短句跟讀練習

❶ 動詞（普通形）＋というより

彼(かれ)の言(い)い方(かた)は勧(すす)めているというより、命令(めいれい)しているようだ。

他的語氣與其說是勸告，不如說好像在命令人。

❷ イ形容詞 + というより

この料理は美味しいというよりも、独特な味だ。

這道料理與其說好吃，不如說味道很特別。

❸ ナ形容詞 + というより

あの人は失礼というより、無意識にそうしているんだ。

那個人與其說他沒禮貌，不如說他是無意識地那麼做。

❹ 名詞 + というより

この漫画は子供向けというより、むしろ大人が楽しめる複雑なストーリーです。

這部漫畫與其說受眾對象是兒童，不如說是大人能欣賞的複雜劇情。

◆ 進階跟讀挑戰

　　この絵本は、読み物というより、立体的な絵が特徴的な遊び道具だ。ページを開くと、動物たちが飛び出してきて、まるで物語の中に入ったかのような気分になる。子供たちは手を伸ばして触り、笑顔が溢れる。読み聞かせの時間が、もっと楽しいものになる。この絵本は、子供の想像力を豊かに育むだけでなく、親子が楽しい思い出を作る大切なアイテムだ。

　　這本繪本與其說是本書，其實更像是以有立體感的插畫為特色的遊戲道具。翻開書頁，動物們飛躍而出，讓人彷彿像是進到故事中的感覺。孩童們伸出了手觸碰，臉上充滿笑容。讀故事的時間變得更加有趣。這本繪本不僅是培養孩子豐富的想像力，也是親子間創造愉快回憶的重要物品。

65 ～といっても
雖說～

◆ 文法解釋

表示實際與從前述內容所想像或期待的內容或結果不符。

◆ 常見句型

❶ 動詞（普通形）＋といっても

用於對前項敘述中所期待的或一般想像的內容加以修正、補充，說明實際上的程度並非如此。

❷ イ形容詞＋といっても

イ形容詞版本。

❸ ナ形容詞＋といっても

ナ形容詞版本，ナ形容詞為現在肯定形時可加也可不加「だ」。

❹ 名詞＋といっても

名詞版本，名詞為現在肯定形時可加也可不加「だ」。

◆ 短句跟讀練習

❶ 動詞（普通形）＋といっても

留学したことがあるといっても、実は3か月だけの語学学校で語学力や文化を体験した。

雖說曾有出國留學經驗，但其實僅是去語言學校體驗了 3 個月的語言學習和文化。

❷ イ形容詞＋といっても

このスポーツジムの会費は高いといっても、専属トレーナーのサービスを考えれば安いものだ。

雖說這家運動健身房的會員費比較高，但考慮到有專屬的教練服務的話算便宜了。

❸ ナ形容詞＋といっても

ゴーヤが嫌いといっても、全然食べないわけではありません。

雖說我不喜歡苦瓜，但也不是完全都不吃。

❹ 名詞＋といっても

明日から連休といっても、実は三日間だけです。特に遠出の予定もなく、家でのんびり過ごすつもりです。

雖說明天開始連休，但實際上也只有 3 天假。並沒有特別預定要出遠門，打算在家悠閒地度過。

◆ 進階跟讀挑戰

会社を作ったといっても、まだまだ小さなスタートアップだ。資本金も少なく、オフィスもレンタルスペースで始めたばかりだ。しかし、夢と情熱だけは誰にも負けない。少人数のチームでアイデアを出し合い、毎日夜遅くまで働いている。成功への道のりは長いが、一歩ずつ確実に進んでいきたい。

雖說成立了公司，但還是非常小規模的新創公司。資本額也很少，辦公司也是剛從場地租賃空間開始。然而，我們的夢想和熱情是不會輸給任何人的。我們以少數人的團隊互相提出創意，每天都工作到深夜。通往成功的路途雖然很漫長，但我想一步一步踏實地前進。

66 〜とおり

按照〜，正如〜

◆ 文法解釋

表示與前項內容相同，或照著前項內容做。經常搭配「予定（預定）」、「計画（計畫）」、「命令（命令）」、「指示（指示）」、「想像する（想像）」、「思う（想）」、「考える（考慮）」等單字一起使用。

◆ 常見句型

❶ 動詞（辭書形／た形）＋とおり

表示按照事前所預定、計畫、指示或命令去做，或是已發生的事情和事前預想的一樣。

❷ 名詞の＋とおり

表示和前項內容相同，或按照某種特定的形態或順序的狀態。

❸ 名詞＋どおり

不加「の」，直接接續名詞時，讀音要改成「どおり」。

◆ 短句跟讀練習

❶ 動詞（辭書形／た形）＋とおり

人生は思うとおりにはいかないものだ。
人生，總不盡如己所願。

今回の試験は予想していたとおり厳しかったです。特に数学の応用問題が多く、解くのにかなりの時間がかかりました。

這次的考試和之前所預想過的一樣艱難。尤其是數學的應用問題很多，所以在解題上花了相當多的時間。

❷ 名詞の + とおり

東京駅は写真のとおり、美しくて歴史のある駅です。

東京車站如同照片一樣，是既美麗且具歷史感的車站。

❸ 名詞 + どおり

部長の指示どおりに資料を作成しました。

按照部長的指示製作了資料。

◆ 進階跟讀挑戰

次回のコンサートは、予定どおり開催されます。日時は7月1日（月）午後6時から、市民広場にて行います。豪華なゲストアーティストを迎え、素晴らしい音楽の夜をお届けします。チケットはオンラインで購入可能です。皆様のご来場を心よりお待ちしております。詳細は公式ウェブサイトをご覧ください。

下次的音樂會將如期舉行。日期和時間為7月1日（星期一）下午6點開始，在市民廣場舉行。我們將邀請豪華的特邀藝術家，為您帶來美妙的音樂之夜。門票可於網路購票。我們衷心期待您的光臨。詳情請參閱官方網站。

67 〜とか〜とか
〜或〜，〜啦〜啦

◆ 文法解釋

表示列舉，舉出兩種同類的事物或動作的例子。多用於口語，比起「〜や〜など」，是更隨意的講法，需避免對身分及地位比自己高的人使用。

◆ 常見句型

① 動詞（普通形）＋とか

接在表示動作的動詞後，用於列舉幾個類似的動作或行為的例子。

② イ形容詞＋とか

イ形容詞版本。

③ ナ形容詞＋とか

ナ形容詞版本，但ナ形容詞為現在肯定形時可加、可不加「だ」。

④ 名詞＋とか

接在表示人或物的名詞後，用於列舉幾個類似的例子，另外，現在肯定形時可加、可不加「だ」。

◆ 短句跟讀練習

① 動詞（普通形）＋とか

分からないことがあるときは、まず自分で調べるとか、インターネットで検索してみるのはどうですか？

當有不懂的事情時，首先自己查找，或是使用網路搜尋看看怎麼樣？

❷ イ形容詞 + とか

彼は優しいとか親切だとか、そんな風に人からよく言われます。

他經常被人誇讚，像是很溫柔、很親切之類的。

❸ ナ形容詞 + とか

好きとか嫌いとか関係なく、これはやらなければならない仕事です。

與個人好惡無關，這是必須要完成的工作。

❹ 名詞 + とか

牛乳とかハーブティーとかを飲むと、睡眠の質が良くなることがあります。

喝牛奶或花草茶的話，有可能提昇睡眠品質。

◆ 進階跟讀挑戰

冬の日本での旅行は、温泉とか雪景色とか、色々な体験が楽しめます。友人と一緒に訪れた温泉地で、雪景色を眺めながら温泉に浸かる時間は至福の瞬間でした。その後、夕食には豪華なズワイガニを味わい、冬の味覚を存分に楽しみました。この旅は心も体も温まる最高の体験となりました。

在冬季的日本之旅，可以享受溫泉或雪景之類的體驗。與朋友一起造訪的溫泉地，邊眺望雪景邊泡溫泉的時光是無上幸福的瞬間。此後，晚餐品嚐了豪華的松葉蟹，充分享受了冬季美味。這次旅行成為了讓身心都得到溫暖的最棒體驗。

68 〜として
作為〜，身為〜

◆ 文法解釋

表示「身分」、「立場」、「資格」、「種類」。

◆ 常見句型

- 名詞＋として

    表示以某身分、立場、資格、種類、名目等，進行後項的動作或表示某種狀態。

◆ 短句跟讀練習

- 名詞＋として

彼女はミステリー小説の作家としてデビューした。
她以推理小説作家的身份出道。

彼は地元の議員として政治家の活動を始めました。地域の問題解決に取り組んでいます。
他以身為地方議員的身份開始政治活動。致力於解決地方問題。

モンサンミッシェルは観光地として有名で、美しい自然景観や歴史的建造物が多くの観光客を魅了しています。
聖米歇爾山作為著名的觀光勝地，其美麗的自然景觀和歷史建築讓許多觀光客為之著迷。

このスイーツは最近ギフトとして人気が
あります。特に誕生日や記念日に喜ばれています。

這款甜食最近作為禮物很受歡迎。特別是在生日或紀念日時受到喜愛。

◆ 進階跟讀挑戰

　建築コンペティションに応募するため、私は未来の都市をテーマにしたデザインを作品として提出することにした。環境に配慮した持続可能な建築物を設計し、都市生活を豊かにするためのアイデアを盛り込んだ。模型と図面を駆使して、ビジョンを具体化した。コンペティションでの評価を楽しみにしていると同時に、自分のデザインが未来に貢献できることを願っている。

　為了參加建築設計競賽，我決定提交以未來城市為主題的設計作品。設計了考慮到環境的永續建築，並融入了使都市生活更豐富的創意。運用模型和圖面，具體化了我的構想。我期待著在競賽中的評價，同時也希望我的設計能為未來做出貢獻。

69 〜とともに
A. 隨著〜／B. 與〜一起／C. 〜的同時

◆ A. 隨著〜

◆ 文法解釋

表示隨著前項事物、狀態的變化，後項動作狀態也隨之逐漸產生變化。

◆ 常見句型

❶ 動詞（辭書形）＋とともに

表示隨著前項事物、狀態的變化，後項動作狀態也隨之逐漸產生變化。或與前項動作狀態發生的同時，後項也跟著發生。

❷ 名詞＋とともに

名詞版本。

◆ 短句跟讀練習

❶ 動詞（辭書形）＋とともに

太陽（たいよう）が沈（しず）むとともに、街（まち）の明（あ）かりが灯（とも）りました。
當太陽西落，城市裡的燈光亮了起來。

❷ 名詞＋とともに

テクノロジーの発展（はってん）とともに、私（わたし）たちの生活（せいかつ）はますます便利（べんり）になっています。
隨著科技的發展，我們的生活也變得越加便利。

◆ B. 與～一起

◆ 文法解釋

表示與某對象一起、共同的意思。為書面用語。

◆ 常見句型

- 名詞＋とともに

    接續表示人或機關的名詞，表示與該對象一起、共同的意思。

◆ 短句跟讀練習

- 名詞＋とともに

夏休みには家族とともにハワイへ旅行する予定だ。

暑假我預計要和家人一起去夏威夷旅行。

地域の発展を促進するために、地域の自治体とともにインフラ整備を行いました。

為了促進地區的發展，我們與地方政府共同進行基礎設施的整建。

音楽とともに、リラックスした時間を過ごしました。

伴隨著音樂，我度過了一段輕鬆的時光。

◆ C. 〜的同時

✦ 文法解釋

表示兩個事情、現象、狀態同時存在或發生的意思。為書面用語。

✦ 常見句型

❶ 動詞（辭書形）＋とともに

表示前項與後項的動作同時存在、進行。

❷ イ形容詞い＋とともに

表示兩個事情、現象、狀態同時存在。

❸ ナ形容詞である＋とともに

如前述，但ナ形容詞時接續「である」。

❹ 名詞である＋とともに

如前述，但名詞時接續「である」。

✦ 短句跟讀練習

❶ 動詞（辭書形）＋とともに

教授（きょうじゅ）は臨床（りんしょう）の場（ば）で患者（かんじゃ）を診（み）るとともに、若（わか）い医師（いし）たちの指導（しどう）も行（おこな）っている。

教授在臨床現場診治患者的同時，也指導著年輕醫生們。

❷ イ形容詞い + とともに

結婚して新生活を始めるのは嬉しいとともに、独身時代の自由も少し恋しい。

結婚要開始新生活讓人覺得開心，同時也讓人有些懷念單身時的自由。

❸ ナ形容詞である + とともに

新しい技術の導入は複雑であるとともに、高額な投資が求められる。

新技術的引進既複雜，同時也需要高額的投資。

❹ 名詞である + とともに

彼は医者であるとともに、作家でもある。

他既是一名醫生，同時也是作家。

◆ 進階跟讀挑戰

労働時間の見直しとともに、働き方も柔軟になってきました。週4日勤務や時短勤務が普及し、働く時間に自由が増えました。これにより、自己啓発や趣味に時間を割くことができるようになり、働く人々の生活の質が向上しています。

隨著勞動時間的重新檢討，工作型態也變得更加靈活了。每週四日工作制度和短時間勤務的普及，使工作時間增添了自由度。因此，人們開始能夠將時間分配給自我提升和興趣愛好，工作者們的生活品質因而提高。

70 〜とのことだ
據說〜，聽說〜

◆ 文法解釋

表示傳聞，用於述說從別人那聽說的事情或情報。可以與「ということだ」互換使用，經常使用於新聞或商業用語。

◆ 常見句型

❶ 動詞（普通形）＋とのことだ
用於述說從別人那聽說的事情或情報。

❷ イ形容詞＋とのことだ
イ形容詞版本。

❸ ナ形容詞＋とのことだ
ナ形容詞版本，但ナ形容詞為現在肯定形時可加也可不加「だ」。

❹ 名詞＋とのことだ
名詞版本，但名詞為現在肯定形時可加也可不加「だ」。

◆ 短句跟讀練習

❶ 動詞（普通形）＋とのことだ
先日のミーティングで、彼は来月に新しいプロジェクトのためにヨーロッパへ出張に行くとのことだ。
前幾天的會議上，聽說他下個月為了新的專案要去歐洲出差。

❷ イ形容詞 + とのことだ

友人(ゆうじん)から聞(き)いた話(はなし)では、この映画(えいが)はとても面白(おもしろ)いとのことだ。特(とく)に、ストーリーが予想外(よそうがい)で、最後(さいご)まで飽(あ)きさせないらしい。

從朋友那聽說這部電影非常有趣。特別是劇情超乎預料，似乎直到結局都不會感到無聊。

❸ ナ形容詞 + とのことだ

不動産屋(ふどうさんや)さんによると、案内(あんない)してくれた住宅地(じゅうたくち)は非常(ひじょう)に静(しず)かとのことだ。

根據不動產仲介所說，介紹給我的住宅區是個非常地安靜的地方。

❹ 名詞 + とのことだ

新入社員(しんにゅうしゃいん)の佐藤(さとう)さんは、週末(しゅうまつ)には必(かなら)ず山(やま)に登(のぼ)っているらしい。彼(かれ)の趣味(しゅみ)は登山(とざん)とのことだ。

新進社員的佐藤先生好像每周末都一定會去爬山。聽說他的興趣是登山。

◆ 進階跟讀挑戰

専門家(せんもんか)によると、南海(なんかい)トラフ巨大地震(きょだいじしん)が発生(はっせい)する可能性(かのうせい)が高(たか)まっているとのことだ。この地震(じしん)が発生(はっせい)した場合(ばあい)、甚大(じんだい)な被害(ひがい)が予想(よそう)されており、特(とく)に沿岸部(えんがんぶ)の地域(ちいき)は注意(ちゅうい)が必要(ひつよう)だ。

根據專家所說，南海海溝大地震發生的可能性正在增高。如果發生這場地震，預計會造成極大的災害，特別是沿岸地區需要特別注意。

隨堂考⑦

❶ 請選擇最適合填入空格的文法

1. 日本料理（＿＿＿）、やっぱりラーメンですね。
   1. といえば　　2. といい　　3. とすると　　4. とはいえ

2. 給料が上がった（＿＿＿）、一千円くらいです。
   1. というよりも　2. というと　　3. といっても　　4. より

3. 彼女は研究チームのリーダー（＿＿＿）選ばれました。
   1. として　　2. に対して　　3. としても　　4. において

4. 新しい上司の要求は予想していた（＿＿＿）厳しかった。
   1. とおり　　2. どおり　　3. かぎり　　4. まま

5. 天気予報によると、来週から午後は雨が降る（＿＿＿）。
   1. ということだ　2. ことです　　3. ように　　4. という

6. 夏休みには、海（＿＿＿）山（＿＿＿）自然の中で過ごしたいです。
   1. も、も　　2. でも、でも　　3. とか、とか　　4. や、や

7. 地震の発生（＿＿＿）、緊急アラートがスマホに届いた。
   1. とともに　　2. と伴い　　3. に対して　　4. による

8. 悩んでい（＿＿＿）から、まずは行動してみよう。
   1. ても始まらない　　2. たとして
   3. でも始まらない　　4. ていても

182

❷ 請選擇最適合填入空格的文法

　　大学時代に留学を経験しました。異文化を学び、語学力を向上させたいと思っていましたが、その時、心配してい①（　　　　）と自分に言い聞かせました。留学生活は、思った②（　　　　）にいかないことが多かったです。特にホームシックや言語の壁など、いろいろな困難がありましたが、その度に新しい友人に助けられました。留学③（　　　　）、文化の違いを感じることが多かったです。例えば、食文化や習慣の違いに驚くことがしばしばありました。学生④（　　　　）、勉強だけでなく、異文化交流も大切だと感じました。現地の友人⑤（　　　　）過ごした時間は、かけがえのない思い出となりました。この経験を通じて、多くのことを学び、人間的にも成長できたと感じています。

① 1. でも　　　　　　　　2. ても
　 3. て　　　　　　　　　4. ても始まらない

② 1. とおり　　2. どおり　　3. の　　　　4. こと

③ 1. という　　2. といえば　　3. といい　　4. としても

④ 1. として　　2. とも　　　　3. とした　　4. とって

⑤ 1. とはじめ　2. と従い　　　3. 伴って　　4. とともに

71 〜とは限らない
未必〜，不一定〜

◇ 文法解釋

表示也有例外的情況或可能性，為部分否定的表現。經常與「みんな（大家）」、「いつも（總是）」、「誰でも（任誰）」、「全部（全部）」、「必ず（一定）」等詞彙一起使用。

◇ 常見句型

❶ 動詞（普通形）+とは限らない

表示前項所述內容未必絕對如此，也有例外。以「Aとは限らない」的形式，表示一般雖然通常被認為是前項A的內容或聽者認為是前項A的內容，但也有不是或其他可能性的狀況。

❷ イ形容詞+とは限らない

イ形容詞版本。

❸ ナ形容詞+とは限らない

ナ形容詞版本，但ナ形容詞為現在肯定形時，其後可加也可不加「だ」。

❹ 名詞+とは限らない

名詞版本，但名詞為現在肯定形時，其後可加也可不加「だ」。

◇ 短句跟讀練習

❶ 動詞（普通形）+とは限らない

彼が来るとは限らないから、注意が必要だ。
他不一定會來，所以需要注意。

❷ イ形容詞 + とは限らない

有名なレストランといっても、すべての料理が美味しいとは限りません。

雖說是有名的餐廳，但也不一定每一道料理都好吃。

❸ ナ形容詞 + とは限らない

田舎に住んでいるからといって、必ずしも毎日静かとは限らない。　雖說住在鄉下，但也不一定每天都很安靜。

❹ 名詞 + とは限らない

犯行現場に行ったことがあるからといって、必ずしも犯人だとは限りません。　即使曾去過案發現場，也不一定就是犯人。

◆ 進階跟讀挑戰

結婚することで経済的な安定を求める人もいますが、それが必ずしも幸せをもたらすとは限りません。友達の長谷田さんは経済的に安定したパートナーと結婚しましたが、感情的な満足を得られず、不幸を感じています。故に、結婚を選択する前に、経済面だけでなく、心のつながりも大切にすることが重要です。

　雖然有些人通過結婚來追求經濟上的穩定，但那未必能帶來幸福。雖然朋友的長谷田小姐與經濟穩定的伴侶結婚了，但無法獲得情感上的滿足，因而感到不幸。因此，選擇結婚前，不僅是經濟面，重視心與心的連結也同樣重要。

72 ～とは

所謂～就是～

◆ 文法解釋

表示定義。用以說明事物的意思或下定義。為書面語，口語時使用「～って」。

◆ 常見句型

- 名詞 + とは

用於說明前項句子或名詞內容就是後項句子的意思。「とは」前只能接續名詞，要接續非名詞時要先將其名詞化，如「歩く（走）」→「歩くこと」、「赤い（紅）」→「赤さ」。

◆ 短句跟讀練習

- 名詞 + とは

友情とは、互いに助け合い、信頼し合う関係のことを言います。
所謂的友情，就是互相幫助、彼此信賴的關係。

和食とは、日本の伝統的な食文化の一つで、季節の食材を活かした料理が特徴です。
和食是日本的傳統飲食文化之一，活用季節的食材是其料理特徵。

人それぞれですが、あなたにとって成功とは一体何でしょうか。

雖然每個人定義都不同，但對你來說成功究竟意味著什麼？

◆ 進階跟讀挑戰

幸せとは何でしょうか。日常生活では、多くの人が成功やお金、愛情を幸せだと感じています。高価な物を買ったり、理想のパートナーと出会ったりすることが本当に幸せなのでしょうか。それとも、毎日の小さな喜びや感謝を大切にすることが本当の幸せなのでしょうか。家族と過ごす時間や友人と笑い合う瞬間、小さな成功の積み重ね。こうした些細なことが真の幸せを作っているのではないでしょうか。幸せは外的なものだけでなく、心の充実感や満足感も含まれています。

所謂幸福究竟是什麼呢？在日常生活中，許多人認為成功、金錢和愛情就是幸福。買了昂貴的物品或遇見理想的伴侶，真的就是幸福嗎？又或者，重視每天小小的歡樂和感恩才是真正的幸福呢？與家人共度的時間和與朋友一起歡笑的瞬間，每一個小成功的積累，難道不是這些細微的事情構成了真正的幸福嗎？幸福不僅只是外在的事物，也包含內心的充實感和滿足感。

73 ～とみえる
看來～

◆ 文法解釋

表示推測。根據某種理由、依據，表達主觀推測的說法。用於自言自語。

◆ 常見句型

❶ 動詞（普通形）+とみえる

表示根據前項某種理由、依據，表示說話者依所觀察的人或事物的外在，陳述自己的推測的句型。

❷ イ形容詞+とみえる

イ形容詞版本。

❸ ナ形容詞+とみえる

ナ形容詞版本。

❹ 名詞+とみえる

名詞版本。

◆ 短句跟讀練習

❶ 動詞（普通形）+とみえる

あの家は最近外壁を塗り直した。新しい住人が引っ越してきたとみえる。

那戶房子最近重新粉刷了外牆。看來有新的住戶搬來了。

❷ イ形容詞 + とみえる

彼の机には大量の書類が積まれている。仕事が忙しいとみえる。

他的桌上堆積著大量文件。看來他工作非常忙碌。

❸ ナ形容詞 + とみえる

彼は同じレストランに週に三回も通っている。好きだとみえる。

他每週都去同一家餐廳3次。看來很喜歡這家店。

❹ 名詞 + とみえる

彼女の顔色が悪く、疲れた様子だとみえる。

她的氣色不佳,看起來似乎很累的模樣。

◆ 進階跟讀挑戰

この店は人気があるとみえて、いつも行列ができている。特に週末には、開店前から長い列ができることも珍しくない。その理由は、店主のこだわり抜いた食材と絶品の味にある。グルメ雑誌でも高く評価され、多くの人々が訪れる。その人気の秘密を確かめに、一度訪れてみたい。

這家店看起來很受歡迎,總是大排長龍。特別是週末,開店前就排起長長人龍也並不罕見。其原因在於老闆精挑細選的食材及絕品的美味。在美食雜誌上也獲得了高度評價,而有許多人造訪。為了確認那受歡迎的秘密,我想親自去探訪看看。

74 〜なんて
A. 〜之類的／B. 竟然〜

◆ A. 〜之類的

◇ 文法解釋

表示輕視或謙遜。對象為他人或某事物時帶有輕蔑語氣，但用於說話者時則有謙遜的意味。為口語用法。

◇ 常見句型

- 名詞＋なんて

表示說話者對前項句子內容認為不重要或沒什麼大不了，而帶有輕蔑語氣的句型，後項通常接續帶有否定意味的內容。

◇ 短句跟讀練習

- 名詞＋なんて

プロに勝つ<ruby>か</ruby>なんて<ruby>む</ruby>理だ。　贏職業選手之類的不可能。

◇ 進階跟讀挑戰

その<ruby>てい</ruby><ruby>ど</ruby>程度のアイデアで成<ruby>せい</ruby><ruby>こう</ruby>功するなんて、まったく<ruby>あま</ruby>甘い<ruby>かんが</ruby>考えだ。こんな<ruby>かん</ruby><ruby>たん</ruby>簡単なことで<ruby>まん</ruby><ruby>ぞく</ruby>満足しているようでは、<ruby>とう</ruby><ruby>てい</ruby><ruby>たい</ruby>到底大した成<ruby>せい</ruby><ruby>か</ruby>果は<ruby>え</ruby>得られないだろう。

以為用這種程度的點子就能成功，真是太天真了。對這麼簡單的事物滿意的話，根本無法取得什麼大成就。

◆ B. 竟然～

◆ 文法解釋

表示驚訝。為口語用法。

◆ 常見句型

- 動詞（普通形）／イ形容詞／ナ形容詞／名詞+なんて

  表示說話者感到驚訝的心情。

◆ 短句跟讀練習

- 動詞（普通形）／イ形容詞／ナ形容詞／名詞+なんて

  彼女がこんなに親切な人なんて、驚きました。

  她竟然是這麼親切的人，令我驚訝。

◆ 進階跟讀挑戰

　旅行とは、日常から離れ、新たな場所で新しい経験をすることです。旅先で美しい景色に出会い、「なんて素晴らしい景色なんだ！」と感動することがしばしばあります。山頂から見下ろす広大な景色や夕日に染まる海辺の風景など、心を動かす瞬間がたくさんあります。

　所謂旅行，就是跳脫日常生活，在新的地方進行新的體驗。在旅行的地方遇見美景，經常會感動於「多麼美麗的景色啊」。從山頂俯瞰廣闊的景色或夕陽染紅的海邊的風景等，有許多打動人心的瞬間。

75 〜において
在〜

◆ 文法解釋

表示某件事情發生或某種狀態存在的背景。一般可與「で」替換，但「において」為書面語，常見用於正式場合，因此在日常對話中較少使用。

◆ 常見句型

❶ 名詞＋において

經常接續表示場所、時間、狀況或領域的名詞，表示某動作進行或狀態存在時的背景。

❷ 名詞＋における＋名詞

如前述，但後項若要繼續接續名詞，則會改以「名詞 A における名詞 B」的形式。

◆ 短句跟讀練習

❶ 名詞＋において

2024年のオリンピックはパリにおいて開催された。
2024 年的奧林匹克運動會在巴黎舉辦。

正常な使用状態において故障した場合は、保証期間内であれば交換いたします。
於正常使用狀態下發生故障情形時，若為保固期間內將予以更換。

❷ 名詞＋における＋名詞

文化遺産分野における研究は、過去の文明を理解するために重要です。

於文化遺產領域方面的研究，對於理解過去的文明相當的重要。

◆ 進階跟讀挑戰

人生において一番大切なことは、後悔しないように自分がしたいことをすることです。自分の夢や目標を追い求めることで、充実した毎日を送ることができます。たとえ困難があっても、自分の選んだ道であれば後悔は少ないでしょう。人生は一度きりですから、自分の信じる道を歩むことが大切です。

在人生中最重要的事情，就是做自己想做的事，別讓自己後悔。通過追求自己的夢想和目標，可以度過充實的每一天。即使遇到困難，只要是自己選擇的道路，後悔應該會比較少。人生只有一次，因此，走在自己所相信的道路上非常重要。

76 ～に限る

最好～

◆ 文法解釋

　　表示說話者以自身經驗，提出主觀的意見，認為某事物、某種行為是最好的。經常與「なら」、「たら」、「やっぱり」一起搭配使用。另外，因為是說話者主觀的意見，故不可使用於客觀判斷的情況。

◆ 常見句型

❶ 動詞（辭書形／否定形）＋に限る

　　表示說話者主觀認為前項的內容是最好的，以「A に限る」的形式，表示進行 A 行為是最好的。

❷ 名詞＋に限る

　　名詞版本，表示說話者主觀認為前項的事物是最好的。

◆ 短句跟讀練習

❶ 動詞（辭書形／否定形）＋に限る

こんな天気のいい日には、みんなと一緒に公園でピクニックをするに限る。

在這麼好的天氣裡，和大家一起去公園野餐是最棒的。

アカウントが乗っ取られたくないなら、不審なリンクはクリックしないに限る。

若不想被盜取帳號，最好是不要點可疑的連結。

❷ 名詞＋に限る

一日の疲れを癒すには、やっぱり冷えたビールに限る。
要消除一整日的疲勞的話，果然冰鎮過的啤酒是最讚的。

マンゴーかき氷は、あの人気店に限る。
芒果冰還是那家人氣名店最好吃。

◆ 進階跟讀挑戰

　台湾のグルメと言えば、タピオカミルクティーとジーパイに限る。台北の夜市で食べるジーパイは絶品で、そのボリュームたっぷりの厚さとスパイスの効いた味がクセになる。そして、タピオカミルクティーのもちもち感と甘さが口の中で広がり、最高のコンビネーションだ。

　說到台灣美食，非珍珠奶茶和雞排莫屬。特別是在台北夜市吃的雞排，更是一絕，那份量充足的厚實口感和充滿香料的味道讓人上癮。而且，珍珠奶茶的 Q 彈口感和甜味在口中蔓延，真是完美的組合。

77 ～にかけては

在～方面

◆ 文法解釋

表示在某個領域的知識或能力比他人更加優異。用於誇耀自己的能力，或稱讚某人時。

◆ 常見句型

- **名詞＋にかけては**

    表示關於在某種技術或能力方面很有自信。「にかけては」前的名詞主要為表示能力、技術、領域的詞彙，後項多接續「優れている」、「自信がある」等，對討論對象的技術或能力的正面評價。

◆ 短句跟讀練習

- **名詞＋にかけては**

    オートバイの知識にかけては彼の右に出るものはいない。
    在機車知識方面，沒有人比他更了解。

    暗算にかけては、彼に勝てる人はいない。
    在心算方面，沒有人能贏他。

    その学生は勉強は全然できないけど、ピアノの演奏にかけては才能がある。
    那位學生完全不擅長學習，但在鋼琴演奏方面卻很有才華。

ファーニチャーにかけては、うちのデザインが一番優れている。
在家具方面，我們的設計是最優秀的。

◆ 進階跟讀挑戰

科学の分野にかけては、あの学校の実績や評価が一番だ。毎年、多くの生徒が全国科学コンテストで優勝し、学校の名を高めている。特に化学実験の設備が充実しており、生徒たちは最新の研究に取り組むことができる。教師陣も優秀で、指導の質が高い。この学校からは多くの優れた科学者が輩出されている。

在科學領域方面，那所學校的實績和評價是最好的。每年，有許多學生在全國科學競賽中獲得冠軍，提升了學校的名聲。特別是化學實驗的設備非常齊全，學生們能夠致力於最新的研究。教師團隊也很優秀，教學品質很高。這所學校培養出了許多優秀的科學家。

78 ～に代わって
代替～，取代～，替代～

◆ 文法解釋

表示平常應由某人做的事改由其他人去做；或用別的來替代一直以來使用的事物。與「～かわりに」相比，是稍微生硬的用法。

◆ 常見句型

- 名詞 + に代わって

表示代替某人去做某事，或以某事物替代某事物的句型。經常以「名詞Aに代わって名詞B」的形式使用，表示用名詞B代替名詞A。

◆ 短句跟讀練習

- 名詞 + に代わって

最近は環境のために紙の本に代わって、電子書籍が増えている。
最近因為環保，電子書取代了紙本書籍，變得越來越普遍。

人間に代わってサービスロボットが荷物を運んでいる。
服務型機器人正在代替人類配送貨物。

怪我した雨宮さんに代わって彼女が舞台に出演した。
她代替了受傷的雨宮小姐登台演出。

急用で来られない鈴木さんに代わって、彼がゼミナールに出席します。

他代替因為有急事無法前來的鈴木先生出席研討會。

◆ 進階跟讀挑戰

　　最近はエネルギー効率を高めるためにガソリン車に代わって、電気自動車が増えている。特に都市部では、環境意識の高まりにより電気自動車の普及が進んでいる。その結果、充電スタンドが増設され、利用の利便性も向上している。未来の交通手段として、電気自動車はますます注目を集めている。

　　最近，為了提高能源效率，電動汽車正在取代燃油汽車。特別是在都市地區，由於環保意識的提高，電動汽車的普及正順利地推廣。因此，持續增設了充電樁，使用的便利性也在提升。作為未來的交通工具，電動汽車越來越受到關注。

79 〜に関して

關於〜，有關〜

◆ 文法解釋

　　表示與某件事或話題有關連的內容。意思同「〜について」，基本上可以互換使用，但「に関して」語感較生硬，經常使用於文書、學術領域等正式場合。另外，「に関して」後面接續名詞時，會以「〜に関する名詞」或「〜に関しての名詞」的形式。

◆ 常見句型

- **名詞＋に関して**

　　表示談論或考慮內容的範圍。以「名詞 A に関して B」的形式使用，前項名詞 A 為談論、考慮、調查等行為的對象，後項 B 為做出與前項 A 有關的行為內容，經常搭配「話す（說）」、「考える（想）」、「調べる（查）」、「研究する（研究）」、「書く（寫）」等詞彙一起使用。

◆ 短句跟讀練習

- **名詞＋に関して**

　　今回のセミナーはAIの応用に関する実践的な事例を共有します。　這次的研討會將分享有關 AI 應用的實踐案例。

　　少子化対策に関して、政府は新しい補助金政策を発表しました。　關於少子化對策，政府發表了新的補助金政策。

経済成長に関して、多くの専門家が異なる意見を持っています。

關於經濟成長，許多專家都抱持不同的意見。

最近は世界中の特色建築に関する本を読んでいます。

我最近正在閱讀有關於世界各地特色建築的書。

◆ 進階跟讀挑戰

事故の原因に関して、航空会社はエンジンが引き起こしたトラブルを確認しました。このトラブルは、航空業界全体に大きな影響を与え、信頼性の再評価を促しています。航空会社は安全性を確保するために、エンジンの定期点検を強化し、最新の技術を導入する計画を立てています。また、乗客の信頼を得るためには、透明な情報提供を強化する必要があります。

　　關於事故的原因，經航空公司確認是由引擎所引發的故障。這次故障對整個航空業界產生了重大影響，並促使重新評估其信賴性。航空公司為了確保安全性，正計劃加強引擎的定期巡檢，並引進最新技術。此外，為了獲得乘客的信賴，還需要加強資訊透明化的提供。

80 ～に比べて
與～相比

◆ 文法解釋

表示以某事物為基準，說明兩者程度的差異或評價。

◆ 常見句型

- 名詞 + に比べて

  表示以前項內容為基準做比較。使用「A に比べて B」的形式，名詞的 A 為比較對象，後項 B 為兩者差異或評價。

◆ 短句跟讀練習

- 名詞 + に比べて

  10年前に比べて、台湾の住宅価格は大幅に値上がりしています。
  與 10 年前相比，台灣的房價大幅上漲。

  前年に比べて、売り上げは予想を上回りました。
  與前年相比，營業額超出了預期。

  仕事内容に比べて賃金が低いと感じる若者が増え、企業の人材流出が問題になっています。
  越來越多的年輕人感到薪資與工作內容不成比例，企業的人才流失成為了一個問題。

スターバックスに比べて、セブンイレブンのコーヒーは安い。

與星巴克相比，7-11 的咖啡較便宜。

◆ 進階跟讀挑戰

欧米に比べて、日本の肥満指数は低いです。欧米ではファストフードや高カロリー食品が多く消費される一方で、日本ではバランスの取れた食事が一般的です。和食は低カロリーで栄養価が高く、肥満防止に効果的です。また、日本ではウォーキングや自転車通勤が一般的で、日常的な運動量が多いです。これらの違いが肥満指数に大きく影響していると考えられます。

　　與歐美相比，日本的肥胖指數較低。在歐美，速餐和高熱量食品的被大量消費，而在日本，均衡的飲食攝取則較為普遍。和食是低熱量、高營養價值，對於肥胖的預防有效。另外，在日本，步行和騎自行車通勤很常見，日常生活中的運動量較多。這些差異被認為對肥胖指數有很大的影響。

随堂考⑧

① 請選擇最適合填入空格的文法

1. 一生懸命勉強して、有名な大学を卒業してもこれからの人生が順調だ（＿＿＿）。
   1. とは限らない　　　　2. というものだ
   3. とは決めない　　　　4. とは限る

2. 彼女は朝から元気だ。何か嬉しいことがあった（＿＿＿）。
   1. とみる　　2. とはいえ　　3. という　　4. とみえる

3. 本日（＿＿＿）コーヒー商品が15％オフです。
   1. に限り　　2. において　　3. によって　　4. のとって

4. 今日の会議は新製品の発売に（＿＿＿）議論で、最終決定がなされます。
   1. 比べて　　2. は　　3. 関する　　4. おく

5. 職場（＿＿＿）、チームワークは非常に重要です。
   1. において　　2. に対して　　3. に関して　　4. について

6. 人のうわさ話ばかりしている（＿＿＿）、時間の無駄だと思う。
   1. に限る　　2. なんて　　3. なの　　4. なんで

7. 昨年（＿＿＿）、今年の販売額が上回りました。
   1. に比べて　　2. については　　3. に対しては　　4. によっては

8. 一週間の旅行に行った母（　　　）、私が晩ご飯を準備します。

　　1. にかわる　　2. に代わって　　3. にこうかんして　　4. に対して

❷ 請選擇最適合填入空格的文法

　　最近のニュースによると、経済的に豊かだからといって必ずしも幸せだ①（　　　）という調査結果が発表されました。幸福度②（　　　）、単純に測れるものではありません。実際、経済的に豊かに見える国でも、心の健康③（　　　）問題が多いとみえます。例えば、経済的に豊かな国とされるアメリカでは、うつ病やストレスによる心の健康問題が増加しているのが現状です。教育に関しては、北欧諸国が高い評価を受けています。この点④（　　　）詳細なレポートもあり、他の国⑤（　　　）北欧諸国は幸福度が高いことがわかりました。特に、北欧諸国では社会福祉や労働環境の整備が充実しており、これが幸福度の高さに大きく寄与しているとされています。

① 1. とはいえ　　2. とは限る　　3. とは限らない　　4. と限り

② 1. なの　　2. なんて　　3. なんで　　4. って

③ 1. において　　2. におく　　3. にかわって　　4. に比べ

④ 1. に関して　　2. に関する　　3. に限る　　4. にとって

⑤ 1. に対し　　2. に　　3. に関して　　4. に比べて

81 ～に対して
A. 對～，向～／B. 相對於～，而～

◆ A. 對～，向～

◇ 文法解釋

表示對象。「に対して」後面接續名詞時，會以「～に対する名詞」或「～に対しての名詞」的形式。

◇ 常見句型

- 名詞＋に対して

表示對某對象所產生的動作、感情、情緒、態度等，常會以「名詞 Aに対して B」方式出現，名詞 A 為對象，後項 B 則會是因 A 的某種行為、態度所產生的某種作用。

◇ 短句跟讀練習

- 名詞＋に対して

彼女の言葉に対して、私は少し傷つきました。
對於她說的話，有點傷到我了。

お客様に対して、丁寧な対応を心がけています。
我們對顧客盡心提供細心的服務。

◆ 進階跟讀挑戰

部下(ぶか)に対(たい)して厳(きび)しい指摘(してき)をする上司(じょうし)だが、その裏(うら)には部下(ぶか)の成長(せいちょう)を願(ねが)う深(ふか)い思(おも)いやりが隠(かく)されていることを知(し)った。彼(かれ)の態度(たいど)は冷(つめ)たく見(み)えるが、実際(じっさい)には誰(だれ)よりも部下(ぶか)を大切(たいせつ)にしている。

對部下嚴厲指責的上司，其實隱藏著希望部下成長的深切關懷。我了解到，他的態度雖然看起來冷淡，實際上比任何人都更重視部下。

◆ B. 相對於〜，而〜

◆ 文法解釋

表示對比，用於列舉兩個對比的人事物。

◆ 常見句型

❶ 動詞（普通形）の＋に対(たい)して

以「Aに対(たい)してB」的形式，將A與B兩者對比，並以中立的立場陳述對比結果。

❷ イ形容詞の＋に対(たい)して

イ形容詞版本。

❸ ナ形容詞の＋に対(たい)して

ナ形容詞版本，但「ナ形容詞」為現在肯定形時，需改為「ナ形容詞なのに対(たい)して」或「ナ形容詞であるのに対(たい)して」。

❹ 名詞の＋に対して

名詞版本。名詞為現在肯定形時，還需要改為「名詞なのに対して」或「名詞であるのに対して」。

◆ 短句跟讀練習

❶ 動詞（普通形）の＋に対して

台湾の冬は北部でよく雨が降るのに対して、南部の降雨量はそれほど多くありません。

台灣的冬天，相較於北部經常下雨，南部的降雨量則沒有那麼多。

❷ イ形容詞の＋に対して

その生徒は賢いのに対して、他の生徒たちは努力家です。

那位學生很聰明，而其他學生則是努力家。

❸ ナ形容詞の＋に対して

彼の性格は穏やかなのに対して、彼女は非常に感情的です。

相對於他的性格溫和，而她則非常情緒化。

❹ 名詞の＋に対して

駅前のスーパーの野菜セットが一袋 500 円なのに対して、ここは一袋 350 円です。

車站前的超市的青菜組合包一袋 500 日元，而這裡一袋 350 日元。

昨日は晴天だったのに対して、今日は朝からずっと雨が降り続いている。

與昨天的晴天相比，今天從早上開始就一直在下雨。

◆ 進階跟讀挑戰

睡眠不足課題に対して、科学者たちは様々な研究を行っています。睡眠の質を向上させるために、適切な睡眠環境の整備や、睡眠サイクルに関する知識の普及が重要です。最新の研究によると、電子機器の使用を控えることが、より深い睡眠を得るために有効であると示されています。また、規則正しい生活習慣や適度な運動も重要な要素です。

　針對睡眠不足的問題，科學家們正在進行各種研究。為了提高睡眠品質，建立適合的睡眠環境和普及與睡眠週期有關的知識是很重要的。根據最新的研究表示，減少使用電子設備有助於獲得更深層的睡眠。另外，規律的生活習慣和適度的運動也是重要因素。

82 〜について
關於〜

◆ 文法解釋

表示與某人事物有關連的內容，意思與「〜に関して」相同，但多用於口語。「について」後面接續名詞時，會以「〜についての名詞」的形式。

◆ 常見句型

- **名詞＋について**

　　表示行為、作用的對象。使用「A について B」的形式，名詞的 A 為行為對象，後項 B 經常搭配「話す（說）」、「考える（思考）」、「調べる（調查）」、「質問（問）」、「說明（說明）」、「議論（議論）」、「研究（研究）」、「知っている（知道）」等動詞，表示討論對象的行為內容。

◆ 短句跟讀練習

- **名詞＋について**

　　彼は江戸時代の日本の歴史について、特に経済と社会構造の変化に焦点を当てて研究しています。
　　他研究的是有關於日本江戶時代的歷史，特別是以經濟和社會結構的變化為關注點的研究。

　　新しいマーケティング戦略について、あなたの考えを聞かせてください。
　　有關新的行銷戰略，請將你的想法說給我聽。

投資についての基礎知識を学んでいます。
我正在學習關於投資的基礎知識。

来月のパーティーについて、テーマや招待客リストを決める必要がある。
關於下個月的派對，必須要決定主題和賓客名單。

◆ 進階跟讀挑戰

　　環境保護については、地球の未来にとって非常に重要なテーマです。近年、気候変動や生物多様性の減少など、多くの環境問題が深刻化しています。これに対し、個人や企業、政府が協力して取り組むことが求められています。リサイクルやエネルギー効率の向上、再生可能エネルギーの利用などがその一例です。環境保護は、次世代に美しい地球を残すために不可欠な努力です。

　　關於環境保護，對地球的未來而言是極為重要的主題。近年來，氣候變化和生物多樣性的減少等，許多環境問題正日漸加劇。為此，需要尋求個人、企業和政府共同合作，努力解決。回收再利用、能源效率的提升以及使用可再生能源等都是其中一例。環境保護是為了留給下一代一個美麗的地球而必不可少的努力。

83 ～につれて
隨著～

◆ 文法解釋

表示某事態進展的同時，其他事態也在進展。

◆ 常見句型

❶ 動詞（辭書形）＋につれて

表示因前項事態變化，後項事態因而隨之發生大致比例的變化或進展。另外，後項句子不使用帶有人為意志或勸誘的表現。

❷ 名詞＋につれて

如前述，但要注意接續名詞時，名詞限於詞彙本身含有變化的意思，例如：「発展（發展）」、「成長（成長）」、「悪化（惡化）」等。

◆ 短句跟讀練習

❶ 動詞（辭書形）＋につれて

年を取るにつれて、健康に気をつけるようになった。
隨著年紀增長，開始變得注意身體健康了。

クリスマスが近づくにつれて、街が華やかになってきました。
隨著聖誕節的臨近，城市漸漸變得絢爛迷人。

❷ 名詞＋につれて

高齢化の進行につれて、介護サービスの重要性が増している。

隨著高齡化的發展，照護服務的重要性也不斷增長。

テクノロジーの発展につれて、働き方が大きく変わってきた。

隨著科技的發展，勞動方式逐漸產生巨大的變化。

◆ 進階跟讀挑戰

読書の習慣が身につくにつれて、知識と視野が広がってきました。最初は小説を読むことが多かったですが、今では歴史やビジネス、自己啓発など、様々なジャンルの本を読むようになりました。読書を通じて、新しい考え方やアイデアに触れることができ、その結果として自己成長を感じることができる。また、本の内容を友達と共有し、議論することで理解が深まり、読書の楽しみがさらに広がります。

　　隨著養成閱讀的習慣，我的知識和視野逐漸拓展。最初我大多閱讀小說，但現在我開始閱讀如歷史、商業、自我啟發等各種類型的書籍。通過閱讀，能夠接觸到新的思維模式和想法，從而感受到自我成長。此外，通過與朋友分享和討論書中的內容，而更加深入理解，並更加增進閱讀的樂趣。

84 ～にとって
對～來說

◆ 文法解釋

表示從某個立場或觀點來考慮，並做出評價、判斷的意思。

◆ 常見句型

❶ 名詞＋にとって

表示從某對象立場來看的意思，「にとって」前多接續表示人、組織、團體的名詞，後項句子則接續表示評價或判斷的詞彙或表示可能、不可能的表現。

❷ 名詞＋にとっては

如前述，但「にとっては」有強調、對比的意思。表示說話者以某件事為主題，進行比較並做出評價。

◆ 短句跟讀練習

❶ 名詞＋にとって

旅行者にとって、このアプリは道案内の強力なツールです。　對旅行者而言，這個 APP 是強大的道路指引工具。

親にとって、子供の成長は何よりも嬉しいことだ。初めての一歩や初めての言葉は特別な瞬間だ。
對父母而言，孩子的成長是最令人覺得開心的事。第一次走路和第一次說話是特別的瞬間。

❷ 名詞＋にとっては

彼にとってはただの仕事かもしれないが、私にとっては人生の夢なんです。

對他而言或許只是一份工作，但對我而言是人生的夢想。

高速インターネットは、都会に住む人にとっては当たり前だが、発展途上国に住む人にとっては貴重なサービスだ。

高速網路對住在都市的人們來說是理所當然的，但對住在發展中國家的人而言則是珍貴的服務。

✪ 進階跟讀挑戰

　ペットは飼い主にとって、かけがえのない家族の一員です。毎日一緒に過ごすことで、たくさんの喜びと癒しを与えてくれます。特に犬や猫は、ストレスを軽減し、心の健康を支える存在です。ペットの世話をすることで、責任感や愛情が育まれ、飼い主の生活にリズムが生まれます。また、散歩や遊びを通じて、運動不足の解消にも役立ちます。ペットとの絆は日々深まり、飼い主にとって大きな支えとなります。

　寵物對飼主而言，是無法取代的家族成員。每天一起度過的時光帶來許多歡樂和療癒。尤其是狗和貓，能減輕壓力，是保持精神健康的存在。照顧寵物可以培養責任感和愛心，並讓飼主的生活產生節奏。此外，透過散步和玩耍，也有助於消除運動不足的問題。與寵物的羈絆日漸加深，成為對飼主而言的重要支柱。

85　〜には
為了〜，要〜就得〜

◆ 文法解釋

表示動作目的。

◆ 常見句型

- **動詞（辭書形）＋には**

    表示要想那樣就得做什麼的句型，以「A には B」的形式，前項行為 A 為目的，後項 B 為達成目的所必備的條件。後項 B 經常搭配「なければいけない」、「ないといけない」等表示必要的文型一起使用。

◆ 短句跟讀練習

- **動詞（辭書形）＋には**

    新しい市場に進出するには、綿密な市場調査と戦略が必要だ。　為了進軍新市場需要縝密的市場調查和策略。

    法律によれば、車を運転するには免許を取得する必要がある。　根據法律規定，要開車就得需要取得駕照。

    プロジェクトを成功させるには、チームワークが欠かせない。　為了使專案成功，團隊合作是不可或缺的。

良好な人間関係を築くには、相手の意見を尊重しなければいけない。
為了建構良好的人際關係，必須要尊重對分的意見。

◆ 進階跟讀挑戰

　メンタルヘルスを維持するには、ストレス管理とリラクゼーションが重要です。まず、自分に合ったリラクゼーション方法を見つけましょう。例えば、ヨガや瞑想はリラックス効果が高く、ストレスを軽減します。さらに、趣味や興味のある活動に時間を割くことで、心のバランスを保つことができます。また、友人や家族とのコミュニケーションを大切にし、困った時には相談することも必要です。これらの方法を取り入れることで、メンタルヘルスを維持し、日常生活をより充実させることができます。

　為了維持心理健康，管理壓力和放鬆很重要。首先，讓我們找到適合自己的放鬆方法。例如，瑜伽和冥想具有很高的放鬆效果，並減輕壓力。而且，花時間在愛好和感興趣的活動上，能夠保持心理的平衡。另外，重視與朋友和家人的交流，並要在遇到困難時和人商量。藉由採取這些方法，可以維持心理健康，使日常生活更加充實。

86 ～に反して
和～相反，違背～

◆ 文法解釋

表示結果與事前所期待、預想的相反、不同。另外，「反して」原形是「反する」，故也可用於法律、規定、命令的違反。屬書面語。

◆ 常見句型

❶ 名詞＋に反して

表示與事前所期待、預想的不同，以「Aに反してB」的形式，前項名詞A經常使用「予想（預想）」、「規則（規則）」、「期待（期待）」、「要望（要求）」等詞彙，後項B為與前項A相反或不同的行為、結果。

❷ 名詞＋に反する／に反した＋名詞

如前述，但用於修飾名詞。

◆ 短句跟讀練習

❶ 名詞＋に反して

経済学者の予測に反して、失業率は低下している。
與經濟學者的預測相反，失業率持續低迷。

政府の計画に反して、公共プロジェクトの予算は大幅に超え、そのため、追加の資金調達が必要になった。
出乎政府的計畫之外，公共事業大幅度地超過預算，因而必須追加資金。

安全規則に反して、作業員は適切な保護具を着用しなかったため、作業中に事故が発生した。

因為違反安全規則，作業人員未穿著適當的防護具，導致作業途中發生了意外。

❷ 名詞＋に反する／に反した＋名詞

期待に反する選挙結果に、多くの支持者が失望し、SNSで不満を爆発させる投稿が相次いだ。

對於與期待相反的選舉結果，許多支持者感到失望，並在社群媒體平台上相繼發表不滿的言論。

◆ 進階跟讀挑戰

市場調査に反して、新商品は期待したほど売れませんでした。消費者のニーズをしっかりと分析し、綿密な計画を立てたつもりでしたが、結果は予想外でした。この失敗から学び、消費者の声をもっと直接的に反映させるために、アンケートやフィードバックの収集を強化することにしました。失敗を恐れず、常に改善を目指すことがビジネスの成功には欠かせないと実感しました。

與市場調查結果相反，新商品並未如預期般熱賣。原以為已對消費者需求做了充分的分析和制定了縝密的計畫，但結果超乎了預期。從這次的失敗中學到了，為了更加直接反映消費者的意見，而決定再加強問卷調查和反饋的收集。我體認到了，不畏懼失敗，持續追求改進，是商業成功所不可或缺的事。

87 ～によって

A. 由～，被～／B. 由於～／C. 根據～，透過～／D. 依據～，根據～／E. 因～而～

◆ A. 由～，被～

◆ 文法解釋

表示行為、動作的主體，主要使用於被動句。

◆ 常見句型

- 名詞＋によって

    表示被動句的行為主體，經常使用於歷史或規則、規定等客觀事實上。以「AがBによって～られる」的形式，名詞A為被動句的主體，一般主要使用對象為某人，後項B為其所做的某事物。

◆ 短句跟讀練習

- 名詞＋によって

    この「星月夜（ほしづきよ）」という絵（え）はゴッホによって描（か）かれた。
    這幅叫「星夜」的畫作是由梵谷所畫的。

    この建物（たてもの）は、有名（ゆうめい）な建築家（けんちくか）である安藤忠雄（あんどうただお）によって設計（せっけい）されました。　這棟建築，是由著名的建築家安藤忠雄所設計。

環境保護法の改正案は国会によって承認されました。
環境保護法的增修案由國會通過。

◆ B. 由於～

◆ 文法解釋

表示原因、理由。

◆ 常見句型

- 名詞＋によって

表示原因、理由。以「A によって B」的形式，前項名詞 A 為客觀原因，後項 B 接續表示結果或狀態的詞語、句子。

◆ 短句跟讀練習

- 名詞＋によって

工場からの排水によって、周辺の川が深刻な環境汚染に見舞われ、魚が大量に死んでしまった。
由於來自工廠的排放水，周邊的河流遭受了嚴重的環境污染，導致大量魚群死亡了。

工場内で起きた粉じん爆発事故によって多くの人々が負傷しました。
由於工廠內發生了粉塵爆發意外，許多人都受傷了。

今朝のラッシュアワーに発生した交通事故によって、主要道路で渋滞が発生した。
由於今天早上的交通巔峰時間發生了交通意外，導致主要道路上發生了塞車。

◆ C. 根據～，透過～

◆ 文法解釋

表示方法、手段。但一般不使用在個人使用的日常工具上（例如：電話、電車等）。

◆ 常見句型

❶ 名詞＋によって

表示透過某個方法、手段進行某事。以「A によって B」的形式，透過名詞 A 的手段，進行後項 B。

❷ 名詞＋による＋名詞

用於修飾名詞時。

◆ 短句跟讀練習

❶ 名詞＋によって

VR 技術によって、学生たちは教室にいながら世界中の歴史的遺産を見学することができました。
透過 VR 技術，學生們可以在教室裡的同時參觀世界各地的歷史遺跡。

遠隔診療システムによって、地方に住む患者も専門医の診察を受けることが可能になった。

透過遠距診療系統，住在偏鄉地區的病患也能夠接受專科醫生的診治了。

❷ 名詞＋による＋名詞

現地調査による結果を基に提案資料を作成する。

根據現場調查結果為基礎製作提案資料。

◆ D. 依據～，根據～

◇ 文法解釋

表示結果的依據。

◇ 常見句型

❶ 名詞＋によって

表示後項結果的依據為前項所述內容。以「Aによって B」的形式，前項名詞 A 為依據，後項 B 為結果。

❷ 名詞＋による

如前述，但用於句尾。

◇ 短句跟讀練習

❶ 名詞＋によって

証拠によって、彼が無罪であることが明らかになった。

根據證據，明確顯示他是無罪的。

専門家のアドバイスによって、在庫管理システムを最適化し、運営コストを削減しました。
依據專家人員的建議，將庫存管理系統最優化，而削減了營運成本。

出席するかどうかはその日のスケジュールによって決めます。
出席與否將依據當日的行程決定。

❷ 名詞+による

給与の決定はこれまでの職務経験やスキルによります。
薪資的決定將根據至今為止的職務經驗和技能。

◆ E. 因～而～

◆ 文法解釋

　　表示根據條件、狀況的不同，而有不同的結果或變化。「によって」後面經常接續「違う（不對）」、「異なる（不同）」、「変わる（變化）」等一起使用。

◆ 常見句型

❶ 名詞+によって

　　表示根據不同狀況，而有不同結果。以「A によって B」的形式，因應前項名詞 A 所述內容，而有後項 B 的結果或情況。

❷ 名詞+によっては

　　「によっては」表示後項 B 為一個具體的結果或情況。

◆ 短句跟讀練習

❶ 名詞＋によって

曜日(ようび)によって、店(みせ)の営業時間(えいぎょうじかん)が異(こと)なる。
商店的營業時間因星期幾而有不同。

❷ 名詞＋によっては

場所(ばしょ)によっては、Wi-Fiの接続(せつぞく)が不安定(ふあんてい)なことがあります。
Wi-Fi 的連線因地點而有時會不穩定。

◆ 進階跟讀挑戰

交通(こうつう)の発展(はってん)により、世界(せかい)が小(ちい)さく感(かん)じられるようになりました。高速鉄道(こうそくてつどう)や航空機(こうくうき)の普及(ふきゅう)につれて、短時間(たんじかん)で遠(とお)くの場所(ばしょ)に行(い)くことができます。これにより、ビジネスや観光(かんこう)の機会(きかい)が増(ふ)え、人々(ひとびと)の交流(こうりゅう)も活発(かっぱつ)になりました。交通手段(こうつうしゅだん)の改善(かいぜん)は経済(けいざい)の発展(はってん)にも寄与(きよ)し、地域間(ちいきかん)の格差(かくさ)を縮小(しゅくしょう)する役割(やくわり)を果(は)たします。交通(こうつう)の発展(はってん)によって、私(わたし)たちの移動(いどう)がより便利(べんり)で快適(かいてき)になりました。

由於交通的發展，感覺世界似乎變小了。隨著高鐵和飛機的普及，人們能夠在短時間內到達遙遠的地方。因此，商業活動和觀光的機會增加，人們之間的交流也變得活躍了。交通手段的改善也有助於經濟的發展，並發揮縮短地區間差異性的效果。多虧於交通的發達，使我們的移動變得更加便利且舒適。

88 ～によると ／ ～によれば
根據～

◆ 文法解釋

表示消息或傳聞的根據。「によると ／ によれば」後經常接續表示傳聞的「そうだ」、「ということだ」或表示推測的「だろう」、「らしい」等文型。

◆ 常見句型

- **名詞＋によると ／ ～によれば**

    表示消息或傳聞的來源或推測的根據。以「AによるとによればB」的形式，名詞A為消息來源或根據，後項B為所要引述的內容。

◆ 短句跟讀練習

- **名詞＋によると ／ ～によれば**

    新聞によると、来年度から大学の授業料が引き上げられるそうです。
    根據新聞，下年度開始大學的學費似乎將調漲。

    天気予報によると、南シナ海にある熱帯低気圧が新たな台風に発達する可能性があるそうです。
    根據天氣預報，位於南海的熱帶性低氣壓似乎將有可能發展成新的颱風。

資料によれば、この会社は1985年に創立されたとのことだ。

根據資料,該公司創立於 1985 年。

友達の話によれば、新しいレストランはとても美味しいらしいです。

根據朋友所説的話,新餐廳好像非常好吃。

◆ 進階跟讀挑戰

教育研究によると、早期教育は子供の知的発達に大きな影響を与えることがわかりました。特に、言語や数学の基本を小さい頃から学ぶことで、将来の学習能力が向上するとのことです。研究者は、遊びを通じて学ぶことが効果的であると強調しています。親や教師が子供に対して適切な刺激を与えることで、子供の興味や好奇心を引き出すことができます。早期教育の重要性が再認識されています。

根據教育研究發現,早期教育對兒童的智力發展有重大的影響。尤其是從小開始學習語言和基礎數學,據說未來的學習能力會提高。研究人員強調通過遊戲學習是有效果的。父母和老師對於兒童給予適當的刺激,能夠激發孩童的興趣和好奇心。早期教育的重要性重新被認識到。

89 ～のでしょうか
～嗎

◆ 文法解釋

表示疑問的禮貌性說法。

◆ 常見句型

❶ 動詞（普通形）＋のでしょうか

禮貌地提出疑問或尋求說明的表現方式。

❷ イ形容詞＋のでしょうか

イ形容詞版本。

❸ ナ形容詞＋のでしょうか

ナ形容詞版本，為現在肯定形時，接續為「ナ形容詞なのでしょうか」。

❹ 名詞＋のでしょうか

名詞版本，為現在肯定形時，接續為「名詞なのでしょうか」。

◆ 短句跟讀練習

❶ 動詞（普通形）＋のでしょうか

シャドーイングは日本語の上達に役に立つのでしょうか。

跟讀法對日文的進步有幫助嗎？

❷ イ形容詞＋のでしょうか

もし大きな地震が起きたら、どこかに避難したほうがいいのでしょうか。

如果發生大地震的話，應該往哪邊避難會比較好呢？

❸ ナ形容詞＋のでしょうか

この時間帯は静かなのでしょうか。

請問這個時間段安靜嗎？

❹ 名詞＋のでしょうか

来週の打ち合わせ会議はどこなのでしょうか。

請問下禮拜的磋商會議地點在哪呢？

◆ 進階跟讀挑戰

　　サンタクロースっているのでしょうか、と幼い頃に疑問に思ったことがあります。親は「サンタさんはいるんだよ」と言い続け、毎年クリスマスにプレゼントを届けてくれました。大人になった今、その答えは自分の中にあります。サンタクロースは、家族の愛と心温まる思い出の象徴として、いつまでも心の中に生き続けています。

　　年幼時我曾疑惑地想過，「聖誕老人真的存在嗎？」，父母總是不斷地說「聖誕老人是存在的哦」，並每年聖誕節都為我送來了禮物。如今長大成人，那份答案我了然於心。聖誕老人作為家人的愛和溫馨回憶的象徵，將永遠活在我的心中。

90 ～ばかりでなく
不僅～而且

◆ 文法解釋

表示更廣泛的範圍，除了前項提到的內容，更有後項的內容。帶有說話者感到意外、驚訝地情緒。屬文章體，日常口語則經常使用「ばかりじゃなく」。

◆ 常見句型

❶ 動詞（普通形）＋ばかりでなく

表示除了前項的內容外，更有後項的內容，以「A ばかりでなく B」的形式，除了前項 A 一般的事物外，更有後項 B 的事物，後項 B 經常搭配「も」一起使用。

❷ イ形容詞＋ばかりでなく

イ形容詞版本。

❸ ナ形容詞＋ばかりでなく

ナ形容詞，為現在肯定形時，接續為「ナ形容詞なばかりでなく」或「ナ形容詞であるばかりでなく」。

❹ 名詞＋ばかりでなく

名詞版本，為現在肯定形時，接續不加「だ」，而是「名詞ばかりでなく」或「名詞であるばかりでなく」。

◆ 短句跟讀練習

❶ 動詞（普通形）+ ばかりでなく

新発売の製品はデザインが優れているばかりでなく、機能性も高いです。　　新發售的產品不僅有出色的設計，也有高度機能性。

❷ イ形容詞 + ばかりでなく

今回新開発のアプリは使いやすいばかりでなく、セキュリティも高い。　　本次新開發的應用程式不僅簡單易用，安全性也很高。

❸ ナ形容詞 + ばかりでなく

その公園は自然が豊かであるばかりでなく、子供たちが遊べる施設も充実しています。

那座公園不僅自然資源豐富，而且也有充足的設施供孩童遊玩。

❹ 名詞 + ばかりでなく

このイベントには地元住民ばかりでなく、観光客も多く参加します。　　這個活動不僅當地居民，也有許多觀光客參加。

◆ 進階跟讀挑戰

文化交流は他国の文化を理解するばかりでなく、自国の文化を広める絶好の機会です。異なる文化に触れることで、偏見や誤解を解消し、多様性を尊重する心が育まれます。

　　文化交流不僅是理解其他國家的文化，也是推廣本國文化的絕佳機會。透過與不同文化的接觸，消除偏見與誤解，培養尊重多樣性的心態。

隨堂考⑨

❶ 請選擇最適合填入空格的文法

1. 時間が経つ（　　　）、怒った理由も忘れてしまいました。
   1. につれて　　2. につれ　　3. につく　　4. にかけて

2. このケーキは見た目（　　　）、あまり甘くないんだよ。
   1. にとって　　2. によって　　3. に対して　　4. に反して

3. 大人になると、幸せの価値観は人（　　　）違うものだ。。
   1. には　　2. ために　　3. ので　　4. によって

4. この資料（　　　）、台湾の出生率は毎年低下傾向にあることがわかります。
   1. に反して　　2. によれば　　3. にみて　　4. について

5. 今の時代、SNSは多くの世代（　　　）重要なコミュニケーションツールである。
   1. にとって　　2. によって　　3. に対して　　4. に関わって

6. 販促活動の新しい企画（　　　）、何かご提案がありますか？。
   1. によって　　2. について　　3. に対して　　4. にとって

7. スマホ（　　　）、本もちゃんと読んだほうがいいよ。
   1. ばかりではなく　　2. だけ
   3. について　　4. に関して

8. この町の人口は若者が約 3 万人なの（____）、高齢者は約 8 万人のようです。

　　1. につれて　　2. に関する　　3. に対して　　4. について

❷ 請選擇最適合填入空格的文法

最近、環境問題①（____）のニュースが多いですね。環境保護②（____）、多くの国が努力していますが、成果が見えないことも多いです。成功するには、政府と市民が協力することが必要です。しかし、経済成長③（____）、環境破壊も進むのは避けられない④（____）。経済発展にとって、環境問題を無視することはできません。多くの人が環境保護に反して利益を優先することもありますが、これは未来にとって良くないです。環境問題について考えるとき、個人⑤（____）、企業や政府も責任を持つべきです。

① 1. とはいえ　　2. にっとて　　3. について　　4. について

② 1. に対して　　2. に対する　　3. について　　4. におく

③ 1. につれて　　2. におく　　3. にかわって　　4. に比べ

④ 1. のでしょうか　2. という　　3. ので　　4. でしょう

⑤ 1. に対し　　2. に関する　　3. ばかりなく　　4. に比べて

233

91 ～はずがない
不可能～，不會～

◆ 文法解釋

表示對可能性的否定。為說話者依某種狀況、常識或經驗的主觀判斷、推測。

◆ 常見句型

❶ 動詞（普通形）＋はずがない

表示說話者根據某種理由，認為某事不可能發生的強烈否定。

❷ イ形容詞＋はずがない

イ形容詞版本。

❸ ナ形容詞な＋はずがない

ナ形容詞版本，為現在肯定形時，接續為「ナ形容詞なはずがない」或「ナ形容詞であるはずがない」。

❹ 名詞の／である＋はずがない

名詞版本，現在肯定形時，接續為「名詞のはずがない」或「名詞であるはずがない」。

◆ 短句跟讀練習

❶ 動詞（普通形）＋はずがない

今の給料では東京のタワーマンションを買えるはずがない。　以我現在的薪水根本不可能買得起東京的高塔式住宅大樓。

❷ イ形容詞＋はずがない

ミシュランの星を獲得しているレストランですよ。料理がまずいはずがない。　這可是拿到米其林的星級餐廳唷。料理不可能會難吃。

❸ ナ形容詞な＋はずがない

合格率が低い試験で、問題がそんなに簡単なはずがない。
這是合格率很低的考試，考題不可能會那麼地簡單。。

❹ 名詞の／である＋はずがない

このブランドバッグはデパートで購入したものよ。偽物のはずがない。　這個名牌包是可是在百貨公司購買的。不可能是假貨。

◆ 進階跟讀挑戰

この映画が面白くないはずがない。監督はアカデミー賞受賞歴のある名匠で、キャストも一流の俳優たちが揃っている。予告編を見ただけでも引き込まれる内容だったし、公開前から高評価のレビューが続いていた。

　這部電影應該不可能不有趣。導演是曾獲獎過奧斯卡金像獎的名導演，演員陣容也集結一流的演員們。僅僅看了預告片就被內容所吸引，且在上映前就不斷有高評價的評論。

92 〜ば〜のに

如果〜就〜，要是〜就〜

◆ 文法解釋

表示反事實的條件句。對於未實現的某事，說話者感到遺憾或後悔的心情。

◆ 常見句型

❶ 動詞（假定形）＋のに

表示事實與假設條件相反。期待與現狀不同或感嘆如果做了某事，就可能成為不同結果。

❷ イ形容詞ければ＋のに

イ形容詞版本，假定形為「ければ」。

❸ ナ形容詞なら＋のに

ナ形容詞版本，假定形為「なら」。

❹ 名詞なら＋のに

名詞版本，假定形為「なら」。

◆ 短句跟讀練習

❶ 動詞（假定形）＋のに

卒業の時、彼に好きってちゃんと伝えればよかったのに。

畢業的時候，如果確實地告訴他我喜歡他就好了。

❷ イ形容詞ければ + のに

朝から雨が降っている。天気が良ければピクニックに行くのになあ。

從早上開始雨就下個不停。要是天氣好的話，就去野餐了呢。

❸ ナ形容詞なら + のに

彼女がもっと素直なら、誤解が解けたのに。

要是她更加坦率的話，就能解開誤會了。

❹ 名詞なら + のに

今日は休みなら、一緒に出かけられたのに。残念ながら仕事がある。

要是今天休假的話，就能一起出門了。但很遺憾的是我有工作要做。

◆ 進階跟讀挑戰

もっと頻繁に連絡を取っていれば、友情の繋がりが続いていたのに。忙しい日々の中でも、少しの時間を見つけて連絡を取っていれば、関係が途絶えることはなかったのに。共通の趣味や興味を見つけて一緒に楽しんでいれば、友情をさらに深めることができたのに。また、誕生日や特別な日にお祝いのメッセージを送っていれば、きっと喜ばれたのに。

　　如果能更頻繁地聯絡，友情的連繫就能持續下去了。即使在忙碌的日子裡，如果能找到一點時間聯絡的話，關係就不會斷。如果能找到共同的愛好和趣味一起享受的話，友情就能變得更加深厚了。另外，如果有在生日或特別的日子送上祝福的訊息，一定會讓對方很開心。

93 ～はもちろん
～不用說，當然～

◆ 文法解釋

先列舉被認為理所當然的事物，再表示不僅只如此，還有程度更高的事物。為日常口語使用。

◆ 常見句型

- **名詞＋はもちろん**

    舉出被認為理所當然的某事物，再舉出同一範疇的其他事物。以「Aはもちろん B」的形式，列舉當然包括在內的具代表性事物的名詞 A，後項 B 則多為比前項 A 程度更高的事物，且經常搭配「も」一起使用。

◆ 短句跟讀練習

- **名詞＋はもちろん**

    「ワンピース」は、日本はもちろん、海外でも多くの読者に楽しまれている漫画だ。
    「航海王」別說是日本，連在海外也是受到許多讀者喜愛的漫畫。

    インフレーションで光熱費はもちろん、家賃まで値上げされた。
    因為通貨膨脹，電費、瓦斯費就不用說，就連房租也上漲了。

この肉まん専門店は、土日はもちろん、平日も長い列ができている

這家肉包專賣店，星期六日就不用説，平日也是大排長龍。

長年イギリスで暮らしている彼女は、英語はもちろん、スペイン語も流暢に話せる。

長年生活在英國的她，不用説英文，西班牙文也説得很流利。

◆ 進階跟讀挑戰

　　この美容製品は、若い方にはもちろん、年配の方にも人気があります。肌の健康を保つための成分が豊富に含まれており、エイジングケアにも効果的です。特に、保湿効果が高いため、乾燥肌に悩む年配の方々に愛用されています。さらに、ビタミンCやコラーゲンなどの美容成分も配合されており、年齢を問わず、多くの人々に支持されています。

　　這款美容產品不只是年輕人，在年長者之間也深受歡迎。它富含有助於維持皮膚健康的成分，並有效對抗老化。特別是其高效保濕效果，廣受乾燥肌困擾的年長者的愛用。除此之外，也添加了維生素 C 和膠原蛋白等美容成分，而受到不分年齡層的大眾支持。

94 ～ぶり

A. 經過～之後又～，時隔～之後又～／
B. ～樣子，～狀態，～情況

◆ A. 經過～之後又～，時隔～之後又～

◆ 文法解釋

用於表達再次做某件很長時間沒做的事。

◆ 常見句型

- **名詞＋ぶり**

　接續在時間名詞之後，表示經過該時間後再次進行的行為、動作。強調說話者主觀感受的時間長度。

◆ 短句跟讀練習

- **名詞＋ぶり**

以前の職場の同僚と久しぶりに会ってお互の近況を話し合った。
和以前職場的同事久違重逢，互相聊了近況。

連日残業が続いていて、3日ぶりに家に帰ったんだ。
連續數日加班，時隔3日才回到家。

先月、海外旅行に行ったのはコロナ以来4年ぶりだったよ。

上個月是自從新冠疫情以來，我時隔4年再次去海外旅行。

◆ 進階跟讀挑戦

五年ぶりに友人と再会し、久しぶりの笑顔を交わしました。彼とは中学以来の付き合いで、会うたびに成長を感じます。久しぶりの会話は、昔話から近況報告まで幅広く、時間があっという間に過ぎました。次に会うのはまた数年ぶりかもしれませんが、その時もまた笑顔で話せることを楽しみにしています。

五年來第一次和朋友重逢，久違的笑容再次相見。我們從中學時期就認識，每次見面都感受到彼此的成長。久違的對話從往事談到近況，時間不知不覺地飛逝。或許下一次見面又要幾年後，但我期待那時仍能笑著交談。

◆ B. 〜樣子，〜狀態，〜情況

◇ 文法解釋

　　表示某動作的樣子、狀態、情景。另外，「っぷり」有該動作更豪爽的語意，「ぶり」與「っぷり」大多數情況可以互用，但需注意大部分詞彙可以使用「っぷり」，但有少數只能使用「ぶり」，例如「食(た)べる（吃）」不能使用「食(た)べぶり」。

◇ 常見句型

❶ 動詞（ます形去ます）＋ぶり／っぷり

表示該動作的樣子、狀態等，後項多為接續對該情景、狀態的評價。

❷ 名詞＋ぶり／っぷり

名詞版本，「ぶり」前一般接續表示動作性或狀態性的名詞。

◇ 短句跟讀練習

❶ 動詞（ます形去ます）＋ぶり

フランス人(じん)の暮(く)らしぶりを見(み)ていると、彼(かれ)らがとてもエレガントで、文化的(ぶんかてき)な生活(せいかつ)を楽(たの)しんでいることがわかります。

觀察法國人的生活方式，會發現他們非常享受著優雅又有文化的生活

子供たちの踊りっぷりはとても楽しそうで見ているだけで元気が出ます。

孩子們跳舞的樣子看起來非常快樂，只是看著他們就讓人感到充滿活力。

❷ 名詞＋ぶり／っぷり

彼の会社の成長ぶりはすさまじく、わずか数年で業界のリーダーとなりました。

他的公司的成長速度驚人，在短短幾年間就成為了業界的領導者

彼の人気っぷりは非常に高く、どこに行ってもファンに囲まれています。

他的人氣非常高，不論去哪都被粉絲包圍。

✦ 進階跟讀挑戰

彼の働きぶりには感心せざるを得ませんでした。毎日、朝早くから夜遅くまで、一生懸命に働き続けるその姿勢は、まさにプロフェッショナルそのものです。また、彼の社交性とリーダーシップぶりも見事で、同僚たちからの信頼も厚いです。この数年間で見せた彼の成長ぶりは、驚くべきものであり、今後の活躍がさらに期待される人物です。

　我不得不對他的工作表現感到欽佩。他每天從早到晚，始終如一地努力工作，這種態度正是專業人士的典範。此外，他的社交能力和領導風範也十分出色，同事們對他充滿信任。在這幾年間，他所展現出的成長令人驚嘆，是一位未來備受期待的人物。

95 〜べきだ
應該〜

◆ 文法解釋

表示義務上或責任上，做某件事是理所應當的。用於與對方行為有關時表示勸告、命令、禁止。不使用於法律、規則等既定的內容或自己的行為的情形，而是使用「〜なければならない」、「〜てはいけない」等文型。

◆ 常見句型

- 動詞（辭書形）＋べきだ

表示基於社會常識、道德等判斷，最好採取某種行為、動作。接續「する」的時候，可以使用「するべき」或「すべき」。否定形為「〜べきではない」。

◆ 短句跟讀練習

- 動詞（辭書形）＋べきだ

混雑時には、周りの人に迷惑をかけないようにリュックを手に持って移動すべきだ。
人潮擁擠時，應該將後背包拿在手上再移動，以避免造成周圍人群的困擾。

公共の場でのマナーも、他人の健康のためにも、タバコを吸いたいなら喫煙室に行くべきだ。
為了公共場所的基本禮儀和他人的健康著想，想要抽煙的話就該去吸煙室。

ミスをしたら、すぐに上司に報告すべきだ。

如果出了錯，應該馬上和主管報告。

教師としては、どんなことがあっても子供を体罰すべきではない。

身為老師，不論在任何情況下都不應該體罰學童。

◆ 進階跟讀挑戰

小さい子供に、スマホやタブレットを使わせるべきじゃないと考える親もいる。特に、長時間の使用が睡眠や姿勢に悪影響を及ぼすことを懸念している。また、デジタルデバイスの過剰使用が、集中力や想像力を低下させる可能性がある。多くの医師は、スクリーンタイムを1日1時間以内に制限するよう推奨している。健康を守るために、親たちは慎重な判断をしている。

　　有些父母認為不應該讓年幼的孩童使用智慧型手機或平板電腦。尤其擔憂長時間的使用會對睡眠和姿勢造成不好的影響。另外，過度使用行動裝置可能會降低專注力和想像力。許多醫生建議將螢幕使用時間限制在每天一小時以內。為了保護健康，父母們正謹慎的評估著。

96 まるで〜みたいだ
就好像〜，宛如〜

◆ 文法解釋

表示比喻，用列舉相似的例子，表示說話者對某人事物的狀態、性質、形狀、動作，以自己主觀感覺列舉出容易理解，且近似的例子。「まるで」可以省略。

◆ 常見句型

❶ まるで＋名詞＋みたいだ

表示雖然實際上並非如此，但說話者以自己感覺對某人事物的狀態、性質等，舉出相近似的例子。以「まるでAみたいだ」的形式，表示實際上不是名詞A，但說話者以名詞A舉例敘述。

❷ まるで＋名詞A＋みたいな＋名詞B

如前述，但以「まるでAみたいなB」形式，表示列舉名詞A與名詞B相似，並加以說明時。

❸ まるで＋名詞＋みたいに＋動詞／イ形容詞

如前述，但後續接續動詞及イ形容詞時，使用「みたいに」。

◆ 短句跟讀練習

❶ まるで＋名詞＋みたいだ

彼女の言動はまるで子供みたいだ。考え方が未熟だ。
她的言行舉止就好像小孩一樣。思想不成熟。

このクッションはふわふわで、まるで雲みたいだ。触るたびに気持ちが安らぐ。

這款抱枕柔軟蓬鬆得像雲一樣，每次觸摸都讓人感到舒適。

❷ まるで＋名詞A＋みたいな＋名詞B

この薬はまるでオレンジソーダみたいな味がする。

這款藥有橘子汽水般的味道。

❸ まるで＋名詞＋みたいに＋動詞／イ形容詞

今日の雨はまるで台風みたいに強い。

今天的雨就像颱風一樣強。

◆ 進階跟讀挑戰

　あの二人はまるで姉妹みたいに仲がいい。学校の帰り道、手をつないで楽しそうに話している姿は、周りの人々を和ませる。休日にはお互いの家を行き来し、一緒に映画を見たり、買い物を楽しんだりしている。そして、難しい試験の前には、お互いに励まし合い、一緒に勉強もした。彼女たちの友情は、本当の姉妹以上に強く、支え合う関係が羨ましい。

　那兩個人關係好得就像姐妹一樣。放學回家的路上，她們手牽著手，愉快地般聊天的模樣，讓周圍的人感到輕鬆和諧。週末時，她們互相到對方家裡，一起看電影、樂在其中的購物。然後，在面對困難的考試前，她們彼此互相鼓勵，也一起學習。她們的友情比真正的姐妹還要堅定，這種相互扶持的關係令人羨慕。

97 ～ようがない
沒辦法～，無法

◆ 文法解釋

強調毫無辦法、手段，所以無法辦到，並非單純因為困難而無法達成，而是帶有不論用什麼辦法都無濟於事的語感。

◆ 常見句型

❶ 動詞（ます形去ます）＋ようがない

表示無論怎麼都無法辦到，即使想做某事也沒有辦法。以「Aようがない」的形式，雖然想進行A動作，但沒有方法、手段，所以無法進行。

❷ 名詞の＋し＋ようがない

名詞版本，這裡的名詞會是動作性名詞，之後需要加上「の」，而「し」是該動作性名詞的「ます形去ます」後剩下的部分，不可省略。

◆ 短句跟讀練習

❶ 動詞（ます形去ます）＋ようがない

すでにかなりコストを抑えたので、これ以上コストを抑えようがない。
因為已經壓低相當多的成本，想再壓低成本也沒辦法。

すい臓がんを早期に発見できなければ、どんな治療法をもってしても治しようがない。
如果未能及早發現胰臟癌，不論採取何種治療方法也無法治癒。

説明が不十分で、質問の意味が分からなくて、答えようがない。
因為說明不夠充分，不知道提問的意思，所以回答不了。

❷ 名詞の＋し＋ようがない

彼が取り返しのつかないことをしたので、妻との関係はもう修復のしようがない。
因為他做了無可挽回的事，與妻子的關係已經無法修復。

◆ 進階跟讀挑戰

　ハルシュタットは、比べようがない美しさを謳われる世界遺産であり、オーストリアの宝です。湖畔に佇む美しい町並みは、まるで絵本の中のようです。湖と山に囲まれたこの町は、紀元前からの長い歴史を持ち、文化的な魅力に溢れています。特に冬の雪景色は幻想的で、訪れる人々に忘れられない体験を提供します。また、春や夏には花々が咲誇り、秋には紅葉が見事です。自然と文化が織りなすこの風景は、一見の価値があります。

　哈爾施塔特是被譽無與倫比的美麗的世界遺產，也是奧地利的瑰寶。那佇立在湖畔的美麗的街道，宛如童話書中的場景。這座被湖泊和山脈環繞的城鎮，擁有自西元前以來的悠久歷史，充滿了文化魅力。尤其是冬天的雪景夢幻得不真實，為訪客提供難以忘懷的體驗。此外，春夏時節繁花盛開，秋季時紅葉燦爛。這片自然與文化交織的風景，值得一看。

98 〜ようとする
想要〜，即將〜，就要〜

◆ 文法解釋

表示打算要做某事，開始執行前的狀態，或嘗試、努力做某事，但還沒達成的狀態。

◆ 常見句型

❶ 動詞（意向形）+とする

前項接續意志動詞的意向形，處於該動作開始著手前的狀態，常用於表示準備做某動作前，發生預想以外的事情。另外也用於表示嘗試做某動作，但還沒達成的狀態。

❷ 動詞（意向形）+としている

前項接續非意志動詞的意向形，表示即將做某動作，於變化發生前、某動作開始前或結束前。

❸ 動詞（意向形）+としない

用於否定時，不可用於第一人稱說話者。帶有說話者期待對方做某事，但對方不願意進行該動作。

◆ 短句跟讀練習

❶ 動詞（意向形）+とする

家に帰ろうとした時、早急に処理しなければならない仕事が入ってきた。　正準備要回家的時候，來了一件必須儘快處理的工作。

バランスの取れた食事を食べようとしても、外食でそれを実現するのは難しい。

即使想要吃營養均衡的餐點，但因為外食而難以實現。

❷ 動詞（意向形）＋としている

暑かった夏がようやく終わろうとしている。

炎熱的夏天總算快要結束了。

❸ 動詞（意向形）＋としない

息子はニンジンが嫌いで、どうしても食べようとしない。

兒子討厭胡蘿蔔，怎麼都不肯吃。

◆ 進階跟讀挑戰

彼は勇気を振り絞って、彼女に話しかけようとしたが、その瞬間に足を滑らせて転んでしまった。教室の後ろでみんなが笑う中、彼は顔を真赤にして立ち上った。彼女は笑いをこらえながら、「大丈夫？」と声をかけてくれた。彼の不器用な行動が、二人の間に笑いをもたらし、少しずつ距離を縮めるきっかけとなった。その後、彼は彼女と話す機会が増え、友達以上の関係へと発展した。

他鼓起勇氣想要跟她搭話，但就在那一瞬間他腳滑摔倒了。在教室後面大家都在笑的時候，他紅著臉站了起來。她憋著笑對他說「沒事吧？」。他的笨拙行為給兩人帶來了笑聲，成為了他們逐漸拉近距離的契機。之後，他和她說話的機會增多，兩人的關係發展超過友情。

99 ～わけだ
所以～，難怪～，怪不得～，原來如此～

◆ 文法解釋

用於敘述前項所表達內容或前後文所表示的事實狀況，而自然地導出的某種結論、狀態。含有「理由」、「理解」、「強調事實」、「換言之」等語感。

◆ 常見句型

❶ 動詞（普通形）＋わけだ

由於某種事實或狀況，而自然地導出的某種結論、狀態，以「A～B わけだ」的形式，表示 B 是由 A 所自然導出的必然結論。

❷ イ形容詞＋わけだ

イ形容詞版本。

❸ ナ形容詞な＋わけだ

ナ形容詞版本，現在肯定形時，接續為「ナ形容詞なわけだ」。

❹ 名詞の／である＋わけだ

名詞版本，現在肯定形時，接續為「名詞なわけだ」或「名詞であるわけだ」。

◆ 短句跟讀練習

❶ 動詞（普通形）＋わけだ
彼が遅刻したのは、交通渋滞が原因だったわけだ。
所以，他遲到是因為交通擁擠的原因。

❷ イ形容詞＋わけだ
彼は毎日ジムに通っているから、あんなに筋肉がすごいわけだ。　他每天都去健身房，怪不得有如此驚人的肌肉。

❸ ナ形容詞な＋わけだ
このレストランはとても人気がある。だから、いつも予約がいっぱいなわけだ。　這家餐廳非常受歡迎。所以預約總是額滿。

❹ 名詞の／である＋わけだ
この天気だから、ピクニック日和なわけだ。
這種天氣，所以是野餐的好天氣。

◆ 進階跟讀挑戰

今年の台風は特に強く、農作物に大きな被害をもたらした。地元の農家たちは、スイカの収穫が難しくなるわけだ。強風で畑が荒れ、スイカも傷ついてしまった。

今年的颱風特別強烈，為農作物帶來了重大的災害。所以當地農民們面臨難以收成西瓜的情況。由於強風，農田被毀壞，西瓜也都損傷了。

100 ～を通（とお）して／を通（つう）じて

A. 在～期間，在～範圍內／B. 通過～，經由～

◆ A. 在～期間，在～範圍內

◇ 文法解釋

表示期間。在某個期間內持續呈現同一種狀態。

◇ 常見句型

- 名詞＋を通（とお）して／を通（つう）じて

    接續在時間名詞之後，表示某人事物在某個期間內持續呈現的狀態。

◇ 短句跟讀練習

- 名詞＋を通（とお）して／を通（つう）じて

    彼（かれ）は数年間（すうねんかん）を通（つう）じて、多（おお）くの学術論文（がくじゅつろんぶん）を発表（はっぴょう）しました。
    他多年以來，發表了許多的學術論文。

◇ 進階跟讀挑戰

　　この研究（けんきゅう）は五年（ごねん）を通（とお）して行（おこな）われ、多（おお）くのデータ収集（しゅうしゅう）と分析（ぶんせき）を経（へ）て、ついに有益（ゆうえき）な結果（けっか）が得（え）られました。長（なが）い期間（きかん）をかけて取（と）り組（く）んだ成果（せいか）が形（かたち）となり、成果（せいか）を発表（はっぴょう）できることを嬉（うれ）しく思（おも）います。

　　這項研究經過五年的時間，經過大量的數據收集和分析，最終取得了有益的結果。我們很高興經過這麼長的努力，成果終於得以展現。

◆ B. 通過～，經由～

◇ 文法解釋

表示經由某種仲介、手段來傳達信息或建立關係，或獲得知識經驗。

◇ 常見句型

- 名詞＋を通（とお）して ／ を通（つう）じて

　　表示經由某種仲介、手段。常見「Aを通（とお）して ／ を通（つう）じてB」的句子，前面是指某人事物的名詞A，表示以其為仲介、手段來達成後項的B。

◇ 短句跟讀練習

- 名詞＋を通（とお）して ／ を通（つう）じて

　　ボランティア活動を通して、地域社会に貢献することができる。　通過志願者活動，能夠為地域社會做出貢獻。

◇ 進階跟讀挑戰

　　SNSを通して世界中の人々とつながることで、異文化交流や情報共有が可能になります。例えば、趣味や興味が共通する人々とオンラインコミュニティでつながり、リアルタイムで意見やアイデアを交換することができます。

　　透過SNS和世界各國的人們交流，將能實現異文化交流和資訊共享。例如，與抱有共同興趣愛好和關注的人們在網路社群建立連繫，能夠即時交換意見和想法。

隨堂考⑩

❶ 請選擇最適合填入空格的文法

1. もう少し頑張（＿＿＿）、試験に合格できたのに。
   1. れば　　　2. ば　　　3. なら　　　4. たら

2. 明日は早起き（＿＿＿）が、結局寝坊してしまった。
   1. ようとする　2. しようとした　3. ようにする　4. かもしれない

3. 兄はもう結婚しているのに、家事も全然できないなんて、まるで独身（＿＿＿）。
   1. だ　　　2. よう　　　3. らしいだ　　　4. みたいだ

4. 若い世代はアプリを（＿＿＿）、出会いを見つける人もいる。
   1. 通じて　　2. 通じる　　3. 通う　　4. 通って

5. 彼は運動神経が優れていて、野球（＿＿＿）、サッカーも得意です。
   1. も　　2. はもちろん　　3. とか　　4. とも

6. 内容の説明を聞かれたが、資料の内容が全然わからないので、答え（＿＿＿）。
   1. べき　　2. ない　　3. る　　4. ようがない

7. 電車に乗る時は、降りる人を先に降ろす（＿＿＿）だ。
   1. はずがないの
   2. べきじゃなかった
   3. はず
   4. べき

8. あの選手のスピードを誰かが超える（　　　）。
   1. ものじゃない　　　　　2. はず
   3. はずがない　　　　　　4. ようがない

❷ 請選擇最適合填入空格的文法

日本の伝統文化を守るためには、若者が積極的に参加す①（　　　）だと思います。若者が興味を持たなければ、伝統文化は消えてしまう②（　　　）です。もっと多くの若者が参加すれば、伝統文化が活気づくと思います。茶道や華道③（　　　）、和菓子作りや盆栽なども学ぶ価値があります。これらを④（　　　）、まるで時代を超えた交流をしているような感覚を味わえます。伝統文化を通じて、地域の歴史や人々との絆を深めることが大切です。このような活動がなければ、伝統文化は守り⑤（　　　）のです。最近、若者が茶道に参加する姿を見ることが増えましたが、これも日本文化の素晴らしさを再認識する良い機会となっています。

① 1. べき　　　2. はず　　　3. べきじゃない　4. はずがない

② 1. わけ　　　2. ん　　　　3. の　　　　　　4. とのこと

③ 1. や　　　　2. はもちろん　3. など　　　　　4. は決まり

④ 1. 通じて　　2. 通って　　　3. みて　　　　　4. 通じる

⑤ 1. がたい　　2. ようにする　3. ようとする　　4. ようがない

随堂考解答

随堂考①

1. 請選擇最適合填入空格的文法
1. 1 の
2. 3 合う
3. 2 の
4. 2 一方
5. 3 あまり
6. 4 以来
7. 3 いくら～でも
8. 2 未だに

2. 請選擇最適合填入空格的文法
① 1. の
② 1. 未だに
③ 4. いくら
④ 2. っても
⑤ 1. 以上

随堂考②

1. 請選擇最適合填入空格的文法
1. 1 にかけて
2. 2 おかげで
3. 3 おそれがある
4. 1 何か
5. 2 おきに
6. 1 ください

7. 4 終えた
8. 1 返した

2. 請選擇最適合填入空格的文法
① 1. から
② 4. にかけて
③ 2. おかげで
④ 3. おそれがあります
⑤ 1. 終わった

随堂考③

1. 請選擇最適合填入空格的文法
1. 1 からには
2. 2 きれない
3. 4 気味
4. 4 がち
5. 1 くせに
6. 1 ことにする
7. 2 かわりに
8. 1 くらい

2. 請選擇最適合填入空格的文法
① 1. 気味
② 2. がち
③ 1. ことにしている

④ 4.こそ

⑤ 2.くせに

隨堂考④

1. 請選擇最適合填入空格的文法

1.1 しかない

2.1 最中（さいちゅう）

3.2 さえ

4.1 させていただきます

5.1 際に（さい）

6.3 さえあれば

7.1 せいで

8.4 溶け込んだ（とけこ）

2. 請選擇最適合填入空格的文法

① 2.最中に（さいちゅう）

② 1.際に（さい）

③ 2.ず

④ 3.せいで

⑤ 4.しかありませんでした

隨堂考⑤

1. 請選擇最適合填入空格的文法

1.1 たとたん

2.3 ても

3.4 たところ

4.3 だろう

5.1 ため

6.1 だけ

7.2 といけないから

8.3 だらけ

2. 請選擇最適合填入空格的文法

① 1.だけ

② 4.たとえ

③ 1.ても

④ 4.だろう

⑤ 1.途中で（とちゅう）

隨堂考⑥

1. 請選擇最適合填入空格的文法

1.1 つまり

2.1 つもりだった

3.2 てしかたがない

4.1 っけ

5.4 てはじめて

6.1 てもしかたがないから

7.1 てからでないと

2. 請選擇最適合填入空格的文法

① 1.っけ

② 3.でしょうがない

③ 1.てからでないと

④ 2.ても構わない（かま）

⑤ 1.初めて（はじ）

隨堂考⑦

1. 請選擇最適合填入空格的文法

1.1 といえば

2.3 といっても

3. 1 として
4. 1 とおり
5. 1 ということだ
6. 3 とか
7. 1 とともに
8. 1 ても始(はじ)まらない

2. 請選擇最適合填入空格的文法
① 4.ても始(はじ)まらない
② 1.とおり
③ 2.といえば
④ 1.として
⑤ 4.とともに

隨堂考⑧

1. 請選擇最適合填入空格的文法
1. 1 とは限(かぎ)らない
2. 4 とみえる
3. 1 に限(かぎ)り
4. 3 関(かん)する
5. 1 において
6. 2 なんて
7. 1 に比(くら)べて
8. 2 に代(か)わって

2. 請選擇最適合填入空格的文法
① 3.とは限(かぎ)らない
② 2.なんて
③ 1.において
④ 2.に関(かん)する
⑤ 4.に比(くら)べて

隨堂考⑨

1. 請選擇最適合填入空格的文法
1. 1 につれて
2. 4 に反(はん)して
3. 4 によって
4. 2 によれば
5. 1 にとって
6. 2 について
7. 1 ばかりではなく
8. 3 に対(たい)して

2. 請選擇最適合填入空格的文法
① 4.について
② 1.に対(たい)して
③ 1.につれて
④ 1.のでしょうか
⑤ 3.ばかりなく

隨堂考⑩

1. 請選擇最適合填入空格的文法
1. 1 れば
2. 2 しようとした
3. 4 みたいだ
4. 1 通(つう)じて
5. 2 はもちろん
6. 4 ようがない
7. 4 べき

8. 3 はずがない

2. 請選擇最適合填入空格的文法
① 1.べき
② 1.わけ
③ 2.はもちろん
④ 1.通(つう)じて
⑤ 4.ようがない

新日檢試驗 JLPT 絕對合格

考過 N5-N1 日檢所需要的知識全部都在這一本！
最完整的日檢模擬題＋解說

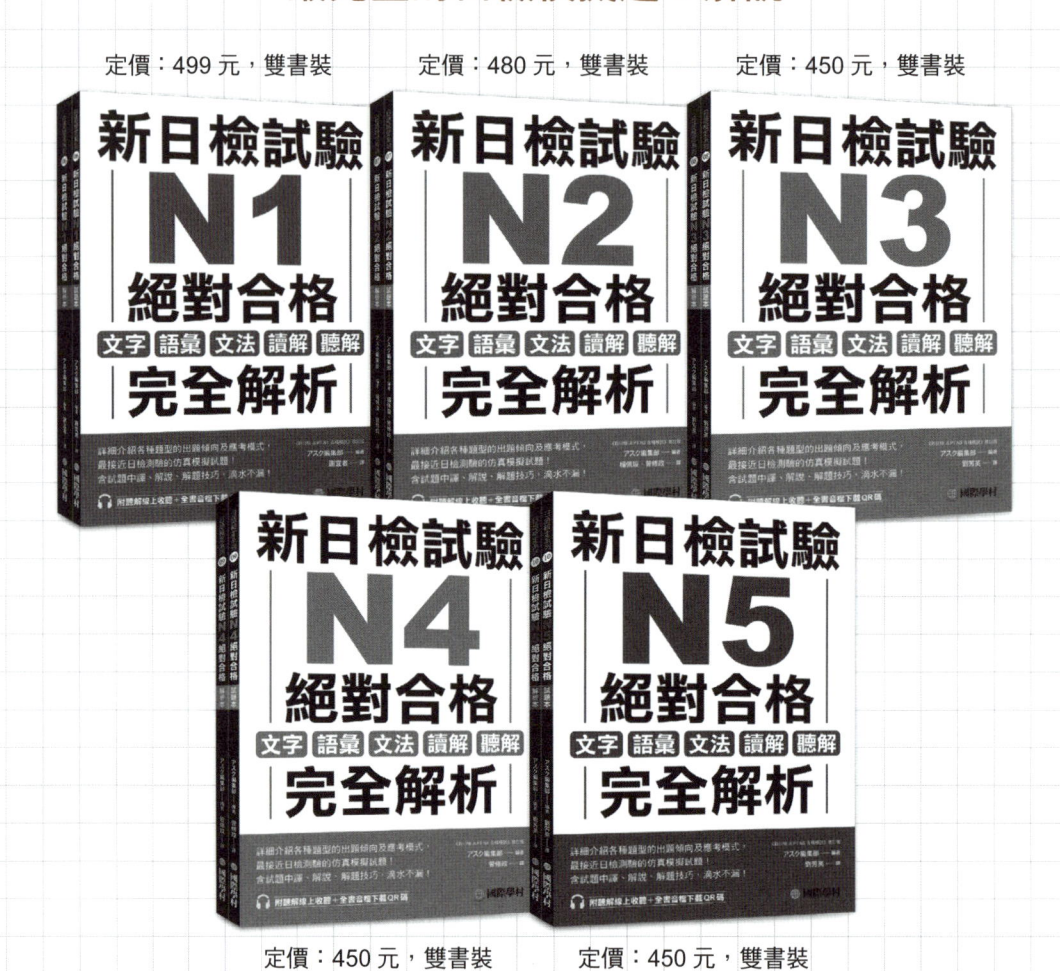

定價：499 元，雙書裝　　　定價：480 元，雙書裝　　　定價：450 元，雙書裝

定價：450 元，雙書裝　　　定價：450 元，雙書裝

日本知名的日語教材出版社「アスク出版」專門為非日本人所設計的日檢模擬試題題庫，三回的模擬試題透過蒐集、分析、參考實際的日檢測驗寫出，每題都在解析本內詳盡說明解題方法，對考日檢絕對有極大幫助！

作者：アスク編輯部　聽解線上隨刷隨聽 QR 碼

國際學村
LA PRESS 語研學院 Language Academy Press
語言學習NO.1
學英語
套用+替換+開口說
英文文法刻意練習
非母語人士的零失誤文法自然養成術！
Practice makes Perfect
透過口說演練，讓文法核心概念徹底復活！
一次看懂文法底層邏輯，
英文文法不再是枯燥無趣的死知識！
附雙版本練習音檔MP3
學韓語
每天3分鐘睡前學韓語
一天一點，只要堅持21天
輕鬆學會一種語言，從不敢說到開口聊不停
The Calling
附QR碼線上音檔
學日語
自學、教學都通用
我的第一本日語課本
QR碼行動學習版
適用完全初學、從零開始的日文學習者！
JAPANESE
MADE EASY!
第二外語
全新
自學法語文法看完這本就會用！
帶你脫離初級邁向中高級！
【進階篇】
FRENCH
Grammar
Intermediate
文法結構+示範例句+例句詳解+跟讀練習
考多益
HACKERS × 國際學村
新制多益
最新！TOEIC閱讀題庫解析
Reading
每月進場實測分析、完整傳授答題技巧
黃金證書手到擒來！
最新收錄精準10回模擬試題
考日檢
N5-N1
新日檢單字大全
精選出題頻率最高的考用單字，
全級數一次通過！
適合任何級別的日檢考生
循序漸進、任意跳級，準確滿足各種日檢考前準備
經20餘年研析統計結果，精選各級測驗必考單字
考韓檢
考試精華整理
NEW TOPIK
新韓檢初級應考祕笈
KOREAN
Beginner Level Test Guide
準備新韓檢1次就過通
國際學村
考英檢
GEPT
初試1次過
全民英檢
初級聽力測驗
每日刷題10分鐘，1天2頁
1個月後高分過關！
附QR碼線上音檔
國際學村
想獲得最新最快的
語言學習情報嗎？
歡迎加入
國際學村&語研學院粉絲團

台灣廣廈 國際出版集團
Taiwan Mansion International Group

國家圖書館出版品預行編目（CIP）資料

跟讀學日檢文法N3：用shadowing跟讀法, 自然而然、快速掌握最高頻率N3文法試題！/ HASU著. -- 初版. -- 新北市：國際學村出版社, 2024.10
　　面；　公分
ISBN 978-986-454-381-6(平裝)
1.CST: 日語 2.CST: 語法 3.CST: 能力測驗

803.189　　　　　　　　　　　　　　　113012249

國際學村

跟讀學日檢文法N3

用SHADOWING跟讀法，自然而然、快速掌握最高頻率N3文法試題！

作　　　者／HASU	編輯中心編輯長／伍峻宏
	編輯／尹紹仲
	封面設計／林珈仔・內頁排版／菩薩蠻數位文化有限公司
	製版・印刷・裝訂／皇甫・秉成

行企研發中心總監／陳冠蒨	線上學習中心總監／陳冠蒨
媒體公關組／陳柔彣	數位營運組／顏佑婷
綜合業務組／何欣穎	企製開發組／江季珊、張哲剛

發　行　人／江媛珍
法　律　顧　問／第一國際法律事務所 余淑杏律師・北辰著作權事務所 蕭雄淋律師
出　　　版／國際學村
發　　　行／台灣廣廈有聲圖書有限公司
　　　　　　地址：新北市235中和區中山路二段359巷7號2樓
　　　　　　電話：（886）2-2225-5777・傳真：（886）2-2225-8052
讀者服務信箱／cs@booknews.com.tw

代理印務・全球總經銷／知遠文化事業有限公司
　　　　　　地址：新北市222深坑區北深路三段155巷25號5樓
　　　　　　電話：（886）2-2664-8800・傳真：（886）2-2664-8801
郵　政　劃　撥／劃撥帳號：18836722
　　　　　　劃撥戶名：知遠文化事業有限公司（※單次購書金額未達1000元，請另付70元郵資。）

■出版日期：2024年10月　　ISBN：978-986-454-381-6
　　　　　　　　　　　　　　版權所有，未經同意不得重製、轉載、翻印。

Complete Copyright © 2024 by Taiwan Mansion Books Group.
All rights reserved.